Maurice Sandoz

Contes suisses

Maurice Sandoz

Contes suisses

Illustrations de Fabius Gugel

Editions de l'Aire

Ce livre est une réimpression
de l'édition parue en 1956
Aux Miroirs Partagés

79, route d'Oron
1000 Lausanne

La pierre penchée

Dressée à la jonction de deux routes dont l'une part de Davos Dorf, l'autre de Davos Platz, elle surplombe la Schatzalp. Si sa base n'était pas solidement implantée, ce bloc penché comme la Tour de Pise pourrait bien, un jour de grand vent, gagner Davos en quelques bonds, broyant, au passage, le coq d'or qui brille sur la flèche de l'église paroissiale.

J'ai plus d'une fois regardé cette pierre étrange, debout au centre d'un grand paysage alpestre.

Vue d'une certaine distance, elle domine le sillon profond des vallées, la voûte des pâturages, les vagues de granit déferlant sur l'horizon. Lorsqu'on s'en approche, on s'aperçoit qu'elle offre un abri, et celui qui pénètre sous cette voûte distingue, dans la paroi, une anfractuosité assez vaste pour laisser un corps humain s'y introduire aisément.

Au début de mon séjour à Davos, cet abri ne me fut pas hospitalier. Deux fois, je montai à la Schatzalp. Surpris par la pluie, je cherchai un refuge sous le rocher. L'excavation, où je comptais m'installer était occupée, chaque fois. A une semaine de distance, ce fut le même personnage que j'y trouvai, blotti dans cette retraite, et, selon toute apparence, nullement disposé à la partager.

L'inconnu paraissait jeune. A première vue, sa figure étroite et rigide me déplut. J'en notais le dessin trop symétrique, l'air « fin de race ». A notre seconde rencontre, je me rendis compte que cet étranger était un malade. Le mal semblait avoir dissous toute chair dans ce visage immatérialisé où seuls survivaient les yeux, superbes, et le teint transparent. Ce n'était pas la fin d'une race, c'était la fin d'une vie.

Deux étés passèrent. J'avais complètement oublié l'étranger de la Schatzalp quand une subite association d'images me le rappela.

Ce jour-là, je faisais à pied, en passant par le col de la Strela, le trajet qui sépare Davos d'Arosa.

J'entrevoyais déjà le lac de Davos, posé parmi les pâturages comme un papillon bleu sur un pré, lorsque, à un coude brusque de la route, la silhouette du rocher se dressa devant moi, et, avec elle, l'image de l'inconnu que j'avais découvert, à deux reprises, blotti dans une anfractuosité de la pierre. Vivait-il encore ? Le reverrais-je jamais ?

Au moment où je me posais cette question, je l'aperçus. Négligeant la grande route, il avait pris à travers champ et suivait le sentier, dans la direction du rocher à ce qu'il me sembla. Je ne m'attendais point à une aussi pompte réponse, et j'eus soudainement conscience que j'étais à la veille de surprendre un secret, et que le rocher en était le gardien.

Je n'ai jamais résisté à la tentation d'éclaircir les mystères. Un taillis se trouvait à dix pas ; je m'y dissimulai de manière à voir sans être vu.

Vsiblement, le mal avait progressé. L'étranger marchait avec lenteur, et avec effort. Lorsqu'il eut atteint la roche, il s'arrêta, la fixa du regard, et demeura immobile. Au bout d'un moment, je me demandai si j'étais en présence d'un fou.

L'homme parlait à la pierre. Non seulement il lui parlait, mais il se rapprocha d'elle, et se mit à la caresser, comme on caresse un enfant, ou un malade. Il finit par y appuyer sa tête, en murmurant des mots qu'il me fut impossible de saisir. On aurait dit qu'il chuchotait à l'oreille d'un être invisible.

Je m'éloignai sans être aperçu, intrigué, sans doute ; mais, plus encore, gêné. Je venais probablement de surprendre, par ruse, le secret d'un cœur. Cette pierre, si près de la souffrance et de la mort, devait être l'autel d'un souvenir.

Quelques jours après, je trouvais dans mon courrier du matin une lettre timbrée d'Allemagne, et signée d'une jeune femme que j'avais rencontrée durant mes séjours dans son pays. Elle venait d'apprendre que j'étais à Davos et me priait d'aller au Sanatorium, pour y rendre visite, de sa part, à un madade, son compatriote, qui n'avait pas répondu à ses dernières lettres.

Aurait-il changé d'adresse ? Etait-il trop souffrant pour écrire ? Ou, peut-être, avait-il cessé de vivre ?

Pour toutes indications, ma correspondante me donnait le numéro d'une chambre et le nom d'un médecin.

Le Sanatorium avait pris possession du haut de la vallée. Environnée du silence, défendue par son parc, à chaque tournant de route, au débouché de toutes les forêts, l'énorme bâtisse imposait au regard sa longue masse blanche, infléchie en fer à cheval. Elle projetait vers le soleil ses quatre galeries identiques, rayées, de bas en haut, à distance égale, par les colonnes de soutènement, qui semblent, vues de loin, les transformer en cellules. On dirait une maison de détenus, bâtie par un philanthrope. Il y avait cependant un endroit, un seul, où les bouquets d'arbres et les accidents de terrain le cachent à la vue : celui que je vous ai décrit en commençant.

Je n'éprouvais aucun désir d'y entrer, et la visite que l'on me priait de faire me tentait peu.

Mais le moyen de refuser une pareille requête ? Dans l'après-dîner, je me rendis, sans hâte, au Sanatorium.

Si je m'étais attendu à y entrer comme on entre dans une maison particulière, j'aurais été surpris.

Pour être admis à visiter un malade, il faut obéir à un protocole spécial, et même compliqué un peu plus que je ne le croyais.

A droite, en entrant, s'ouvrait la loge du concierge. Une balustrade la séparait du vestibule.

L'occupant, un homme d'une quarantaine d'années, avait la carrure, les cheveux taillés en brosse, le parler et les allures catégoriques d'un officier de marine. Il en avait l'uniforme bleu sombre. Seulement, au lieu de l'ancre, attribut du marin, les revers de la veste portaient, brodés en fil d'or, la clef du geôlier. Derrière lui, les murs disparaissaient sous les alignements des casiers. Dans ces boîtes, numérotées comme des chambres, les lettres, messages d'amour, de pitié, d'angoisse, attendaient l'heure de la distribution.

Le concierge consulta une liste fixée au mur. Puis il m'enjoignit de le suivre et m'introduisit dans un salon, en me disant d'attendre.

Une odeur de créosote m'avait pris à la gorge. Presque imperceptible dans la loge et le vestibule, qui étaient constamment aérés par les allées et venues des visiteurs ou des gardes, elle emplissait le corridor et avait pénétré jusqu'au salon. Et même purifié de cette odeur de mort, il n'aurait pas été gai.

Deux couleurs y dominaient, le brun et le jaune. Couleur tabac, les meubles de cuir, couleur acajou foncé, les tables montées sur des pieds d'ébonite, matière lavable et aseptique.

Des dalles de marbre jaune couvraient le sol. Jaunes aussi les colonnes de stuc qui prétendaient imiter le « giallo antico » et dont je n'arrivais pas à découvrir la raison d'être. Il y avait cependant une note gaie, dans cet ensemble sévère. Une brassée de fleurs et de feuillage remplissait le foyer de la cheminée. J'aurais préféré du feu. Mais les feux ouverts son interdits dans un sanatorium ; les malades seraient plus sensibles au froid, s'ils prenaient l'habitude de se réchauffer à la flamme d'un foyer. De tapis, point. Les tapis abritent des microbes.

J'avais tout vu. Que faire pour me désennuyer ?

Des circulaires bleu de ciel traînaient sur l'une des tables. Les hôtes éventuels et leurs familles pouvaient y trouver tous les renseignements possibles. Je commençai à en feuilleter une, au hasard.

Prix de pension... extras... taxes supplémentaires... Vue merveilleuse sur la vallée, inépuisable source de jouissances... En hiver, les malades trop faibles pour quitter leur lit peuvent, sur autorisation des médecins, assister de la galerie aux ébats des patineurs... La salle d'opération aseptique est pourvue des installations les plus modernes. (Pneumo-thorax artificiel... Sectionnement des adhérences intra-pulmonaires... Assiettes et couverts désinfectés, après usage, à la vapeur et au « Seifenlauge ».) La famille du malade est régulièrement renseignée sur son état... « Et n'y aurait-il pas un paragraphe consacré aux enterrements ? me demandai-je. »

Décidément la philanthropie associée à la science prend des formes cruelles. Je remis la brochure où je l'avais prise et j'attendis le concierge, qui entra presque aussitôt et offrit de me conduire jusqu'à l'ascenseur.

On me guida le long de corridors trop clairs, à plafonds trop hauts. Entre les murs ripolinés de réséda, teinte neutre qui trahit toutes les taches, des infirmières vêtues de blanc, des infirmiers en blouse blanche, allaient et venaient, et les pas, dans ces espaces vides, éveillaient par moment des sonorités inattendues, comme dans une cathédrale. Les portes se succédaient pareilles et fermées, surmontées, toutes, d'un numéro. Quels désirs de vie sauvage, quels féroces appétits de liberté doivent se déchaîner parfois chez ces hommes, chez ces femmes, pris dans l'engrenage de cette formidable mécanique ?

Nous étions arrivés au troisième étage. L'infirmière qui m'accompagnait m'introduisit dans une chambre prolongée par une terrasse. On y avait poussé un lit à roulettes, avec son occupant. Là, sous l'abri d'un parasol en papier de riz dont le ton doré colorait son teint, je reconnus l'énigmatique promeneur.

Il eut un léger sourire et me désigna une chaise. Mais dès qu'il sut le but de ma visite, il poussa une exclamation, moitié lassitude, moitié impatience.

— C'est bien elle ! Il y a huit jours que j'ai reçu sa dernière lettre et elle réclame une réponse !

— M'autorisez-vous à lui dire que je vous ai vu et que vous paraissez en très bonnes mains ? Dois-je lui annoncer une lettre de vous ?

Il hésita un moment et répondit enfin, avec courtoisie :

— Je vous serai très obligé de lui dire que vous m'avez vu et que je ne l'oublie pas. Mais je ne puis m'engager à lui répondre. Au point où j'en suis, il vaut mieux rompre tous les liens qui nous attachent encore à ce monde. On le regrette moins.

Je fis très sincèrement la réponse banale, la réponse d'usage.

— N'exagérez-vous pas la gravité de votre état ? Il y a dix jours à peine, je vous ai rencontré à la Schatzalp. Vous faisiez là une promenade que beaucoup de gens appelleraient une course.

Il leva les sourcils.

— Oui... c'est ma promenade. Mais ce jour-là, je l'ai faite pour la dernière fois.

Je mis de côté les subterfuges, résolument.

— Je m'en veux d'être indiscret. Mais je vous ai vu plus d'une fois près du rocher, et je me suis demandé pour quelles raisons vous choisissiez si souvent ce but de promenade, parmi tant d'autres ?

Le malade ferma les yeux. Il me sembla qu'il changeait de couleur.

— Je vous le dirai peut-être, un jour... plus tard.

Il y eut un moment de silence. Ce fut lui qui le rompit.

— C'est effrayant, murmura-t-il. Ceux de nos actes que nous croyons les mieux cachés sont connus de quelqu'un, et celui-là, nous ne le connaissons pas.

Il avait dit cela sans aigreur, sans reproche, mais avec une émotion qui me bouleversa. Je pris rapidement congé, point fier de moi, je vous assure, et intrigué plus que jamais.

D'autres visites succédèrent à celle-ci. Dès notre second entretien, il m'instruisit de son nom et de sa nationalité. Il se nommait Charles Hellmuth et il était Allemand.

Un mois s'écoula, et le moment vint où je dus partir.

Au cours de nos conversations, pendant les quatre semaines qui précédèrent mon départ, nous avions évité toute allusion à un sujet que je regardais maintenant comme défendu. Je m'étais résigné à emporter dans ma mémoire une énigme; de toutes celles que la vie m'avait proposées, la seule peut-être qui ne serait jamais résolue.

J'avais compté sans un phénomène psychologique. Il est pareil, exactement, chez les malades qui savent leur mort prochaine, et chez les voyageurs qu'une sympathie subite attire l'un vers l'autre. Ils vont confier le secret de leur vie à un inconnu, parce qu'ils sont sûrs de ne le revoir jamais.

La veille de mon départ, j'allai prendre congé de Hellmuth.

Je le trouvai couché, fiévreux, les yeux brillants et le sang aux pommettes. Sur la table, à côté de son lit, un petit bouquet de cyclamens trempait dans un verre d'eau, et cela m'étonna, car il m'avait dit qu'il n'aimait plus les fleurs, dont le parfum l'incommodait. Contrairement à son habitude, il ne sourit pas lorsque j'entrai ; mais il m'invita du geste à m'asseoir près de lui.

— Vous retournez à Arosa ? Vous passez le col de la Strela ? Alors...

Il hésita quelques secondes, et je vis la rougeur de ses pommettes s'accentuer.

— Je voudrais vous demander un grand service... C'est-à-dire vous confier une mission.

— Mais je suis prêt à faire tout ce qui peut vous être agréable, répondis-je, ému par cette requête, et peut-être aussi parce que je sentais l'approche d'une confidence définitive.

— En partant, voulez-vous prendre ces fleurs ? Et... (il hésita) voudriez-vous les déposer au pied de ce rocher où nous nous sommes rencontrés pour la première fois ?

Je ne m'étais pas trompé, et j'eus un mouvement involontaire auquel il se méprit.

— Oh ! oui, je sais, c'est puéril. Mais nous autres, Allemands, nous sommes des sentimentaux. A l'étranger, on ne comprendra jamais notre culte pour cette petite fleur insignifiante que nous appelons le « Vergissmeinnicht ». Vous me direz qu'on ne fleurit que les tombes... Oui... et c'est pour cela justement. Ce rocher, c'est une tombe.

Il avait dit tout cela d'une voix égale, monotone, sans inflexions, sans timbre. Il continua...

— Lorsqu'on se sent tout près de disparaître... si, si, n'essayez pas de me rassurer, lorsqu'on sait que bientôt on n'existera plus, il vous reste encore un désir. Malgré tout, on voudrait laisser quelque chose de soi-même dans ce monde des vivants. Oh, si peu de choses... le souvenir de la seule minute qui ait valu la peine d'être vécue.

Le moment de la première et dernière confidence était venu. Dans cette chambre aux murs dépouillés qui évoquait déjà la nudité rigide du tombeau, il me fit le récit qui va suivre. Il parlait par saccades, en s'arrêtant pour reprendre haleine.

— Je suis arrivé ici il y a quatre ans, aux premiers symptômes du mal. Mais je n'étais pas très atteint. On m'assurait que deux ans de soins me guériraient. Je pourrais alors reprendre une existence normale, en ville.

Après quelques mois, je sentais déjà les bienfaits de la vie monacale. On a raison de nous l'imposer. Nous l'acceptons sans révolte, parce que nous sommes bien obligés de reconnaître que l'ennui et la chasteté sont deux grands médecins. Et aujourd'hui, je serais rétabli et valide, si...

Il s'arrêta un moment et détourna la tête. Quand il reprit, ce fut sans me regarder, mais à voix plus haute, comme s'il eût senti qu'une certaine délicatesse lui imposait silence et qu'il répondît à cet ordre par un défi.

— Un soir, une jeune femme est arrivée à l'hôtel ; une étrangère. Je veux dire qu'elle n'était pas Allemande. Je ne vous ferai connaître que son prénom : « Claire ». Si vous saviez comme elle le méritait ! Si vous l'aviez vue ! Je ne vous dirai pas qu'elle était blonde, le mot serait grossier. Je ne trouve qu'une seule comparaison pour décrire la nuance de ses cheveux ; c'était celle d'une paille glacée d'or. Elle était si pâle qu'elle semblait diaphane. Et, malgré le mal qui la minait, si gaie ! si rieuse même ! Autour d'elle, elle répandait la joie. Elle était mariée. Et quel mari ! Dévoué, sans doute, et ne quittant guère sa femme, et, avec cela d'une vulgarité qui me fit horreur de prime abord. Non, je ne puis l'accuser de procédés brutaux, mais la seule grossièreté de ses propos suffisait à nous écœurer. Le soir de son arrivée, je fus présenté au couple nouveau venu. Le mari déclara, d'emblée, qu'il haïssait la montagne et il ajouta :

« Encore, si j'étais sûr que mon sacrifice puisse sauver ma femme ! » Et, une autre fois, il dit, devant moi, à quelques malades :

« Je consacre ma vie à ma chère femme, et je me demande souvent à quoi j'emploierai mon temps, lorsqu'elle m'aura quitté. » Et ce manant parlait si haut, il articulait si nettement que pas un mot ne pouvait échapper à sa femme. Elle se taisait, les lèvres serrées.

Dès la première rencontre, je m'étais senti pris de pitié. Et vous pouvez m'en croire : chez les sentimentaux, il n'y a guère de distance entre une grande pitié et un grand amour. Un soir, j'ai plaint de toute mon âme une victime. Quelques heures plus tard, je savais que mon cœur ne m'appartenait plus.

On parle souvent d'âmes sœurs. C'est là un qualificatif qui me paraît bien faux, et bien vide. Je ne vois rien dans les rapports fraternels qui le justifie. Non... mais il y a des âmes d'amants. Celles-là se cherchent et se reconnaissent avant de se connaître. Les mêmes paysages les émeuvent. Elles s'éprennent des mêmes œuvres d'art. Elles vibrent aux sons du même thème musical, aux vers du même poète. Et elles se pénètrent, alors, si profondément, que rien ne saurait plus les arracher l'une à l'autre, excepté la mort. Avant qu'un mois ne fût écoulé, nous en étions là, elle et moi. Nos silences mêmes se parlaient. Et lorsque le mari lâchait quelque brutale sottise, nous nous détournions, tous deux, pour ne pas nous voir rougir de colère ou de honte.

Et malgré tout, je lui garde quelque reconnaissance, à cet homme. Car ce fut une de ses phrases, vulgaire, odieuse, qui amena le dénouement. Il l'adressait, ou plutôt, beuglait au médecin, dans un coin du hall. Je vous la livre, telle quelle :

— Désormais, je suis guéri d'une maladie dont j'ai beaucoup souffert au début de mon mariage : la jalousie. Mais maintenant, le bacille de Koch s'est interposé, comme l'épée de Siegfried, entre la bouche de ma femme et les lèvres des hommes.

Le même soir, je baisais passionnément ces lèvres ardentes qui n'étaient plus qu'à moi seul.

Je ne sais pas encore comment nous avons réussi à nous rencontrer quelquefois, au sanatorium. Mais ce n'est pas là...

Il changea de couleur et s'interrompit. Une sorte de pudeur vis-à-vis de lui-même, de respect pour celle qui n'était plus, l'arrêtait. Mais j'avais compris.

Il continua, en précipitant ses paroles :

— Nous sortions aux mêmes heures, vers la fin de l'après-midi. Parce que les médecins nous lâchaient, alors. Pendant une heure ou deux, nous étions libres. Pour détourner les soupçons, nous prenions deux routes différentes. Elles se rejoignent à un point précis. Vous le connaissez.

Il continua, en s'exaltant :

— Etre libre ! Laisser derrière soi cette existence de détenus ! Ces rendez-vous volés à la surveillance des concierges ! Là-haut, dans cette grotte, nous avons vécu !

Il y eut un silence. Ce fut Hellmuth qui le rompit. Il reprit, plus calme :

— Lorsqu'il fallait se quitter, nous redescendions dans la vallée par des chemins différents. Et, une fois de retour au sanatorium, personne n'aurait pu se douter...

Il y eut une nouvelle pause. Hellmuth reprit :

— Cela a duré deux mois. Pendant une semaine, je ne l'ai pas vue, et je l'ai crue plus malade. Je n'osais pas demander de ses nouvelles. On me dit, incidemment, qu'elle avait quitté le sanatorium. Quelques heures plus tard, j'ai su qu'elle était morte la nuit. Les morts disparaissent sans trace, à Davos. Elle était partie, sans rien me laisser d'elle. Rien, vous m'entendez. Il ne me reste rien de ce qui devait être le seul amour de ma vie. Rien, pas une ligne de son écriture, pas une silhouette prise au passage par un photographe de rencontre, pas un boucle de cheveux, pas une fleur séchée. Et c'était notre faute à tous deux. Nous ne voulions pas croire que nous allions mourir. Nous n'avions rien voulu faire qui pût nous attendrir sur nous-mêmes. Hélas... il ne me restait rien de mon bonheur disparu. Je ne pouvais parler d'elle à personne. Peut-on trahir le secret d'une morte ? J'étais dans une chambre vide où je ne trouvais même plus le parfum qu'elle y avait laissé un jour.

Et pourtant, si ! Il me reste une chose d'elle.

Pour la première fois depuis qu'il avait commencé son récit, Hellmuth me regarda.

— Vous n'êtes jamais entré sous la voûte ?

Je fis signe que non. Il reprit, plus bas :

— Si vous y entrez, vous verrez sur la paroi de droite l'empreinte de deux lèvres. C'est sa bouche.

Je crus qu'il délirait. Il s'en aperçut aussitôt. Sans me laisser le temps de l'interrompre, il me dit le dernier épisode de son histoire d'amour.

Un jour, un orage éclata, d'une violence telle que les rafales de pluie, chassées par le vent, s'engouffraient dans la grotte. L'eau se marquait en taches sombres sur les parois couleur d'ardoise, et Hellmuth le fit remarquer à sa compagne. Celle-ci, rieuse, appuya ses lèvres sur la pierre. Mais l'empreinte s'effaça vite et Hellmuth eut une exclamation de regret. Alors, Claire répéta son geste. Et avant que cette seconde empreinte n'eût disparu, elle en avait très exactement fixé les contours, avec le bâton de rouge indélébile que les femmes portent toujours sur elles.

Le douloureux récit était achevé. Hellmuth ferma les yeux. Au bout d'un moment, il les rouvrit et me regarda.

— Elle était condamnée, dit-il, mais moi, je ne l'étais pas. Et maintenant...

Un moment après, je pris congé.

Le même soir, je déposai le petit bouquet au pied du rocher et j'entrai. Il ne faisait plus clair, sous la voûte, mais les yeux s'habituent à l'obscurité.

Peu à peu, à la base du rocher, des contours se dessinèrent. C'était ceux d'un sépulcre.

Mais sur la paroi, une petite bouche sourit encore, une bouche aux lèvres empoisonnées...

Karl Hellmuth mourut six semaines après mon départ.

Le Barbe-Bleue de Kussnacht

Non loin de Kussnacht se cache dans un vallon parcouru par un torrent tumultueux un moulin, la Tannenmühle.

Si sa meule ne tourne plus, elle a été remplacée par une broche qui, elle, tourne sans arrêt. Et si l'eau ne fait plus mouvoir sa roue, elle se déverse dans des viviers où des truites attendent patiemment qu'on les mange.

Le lecteur l'aura deviné : le moulin désaffecté est devenu une auberge.

L'aubergiste de cet endroit perdu est un géant un peu sorcier. Un géant, puisqu'il mesure un mètre quatre-vingt-dix, et un sorcier car il est parvenu sans aucune réclame à achalander cet endroit désert.

Si Ferdinand Hodler avait connu le propriétaire de la Tannenmühle, il l'eût pris comme modèle pour un des héros de la *Retraite de Marignan,* car ce géant barbu a tous les traits de nos valeureux ancêtres.

Il a même leur merveilleux appétit et sait le faire naître chez ses clients qui viennent fidèlement de Zurich, de Lucerne et même de Berne lui demander ses truites à la sauge, ses brochets au champagne ou ses poulets à la reine, pour ne nommer que les « stars » de son menu qui s'achève généralement par un vacherin bien mûr, par des fraises à la crème et par l'incomparable tourte de Zoug glacée et dûment imprégnée de kirsch (c'est après avoir mangé deux tranches de cette même tourte qu'un « tempérant » endurci me disait en souriant béatement sans trop savoir pourquoi : « Qu'on pouvait fort bien se passer d'alcool et être de bonne humeur quand même »).

Quand j'ai dit que la Tannenmühle était une auberge, je me suis trompé : on y mangeait seulement, car cet endroit merveilleux appartient au passé.

Les chambres ne manquaient pas au moulin, mais le patron ne voulait pas qu'on couche chez lui.

— Les gens louent des chambres, mais ils ne dorment jamais et cela m'empêche de dormir ; et quand ils dorment, ils ronflent, ce qui m'empêche encore plus de dormir. Non, non, que les gens mangent, paient et s'en aillent, c'est le bonheur !

D'ailleurs l'inhospitalité du géant ne se bornait pas au refus de louer des chambres. Sa légende voulait mieux que cela. Il y avait, assurait-on, au premier étage, une chambre dont il avait seul la clef, où seul il pénétrait : à quelles fins, on ne le savait pas. C'était peu rassurant ; c'était même inquiétant et louche.

Il devait s'y passer des choses terribles, dans cette chambre ; car lorsqu'à minuit le géant s'y enfermait seul (mais est-on jamais seul dans un pays où les fenêtres sont si près de terre?) elle s'emplissait d'un beau tapage. Harpe? Piano? De la musique, en tout cas, et « pas de la musique sacrée », ajoutait la fermière en se signant.

Car il y avait une fermière qui s'occupait de la volaille et de la multiplication des œufs ; mais elle dormait à la ferme, non au pavillon principal, et lorsqu'un jour de printemps elle s'était avisée d'offrir son aide pour le nettoyage annuel de cette pièce, le « maître », qui avait deviné chez elle une curiosité fouineuse, l'avait vertement priée de s'occuper de ses œufs, dont le nombre tendait à diminuer en une saison qui aurait dû l'augmenter au contraire.

La fermière se l'était tenu pour dit, mais avait gardé une dent contre l'aubergiste et n'était pas étrangère à cette réputation de Barbe-Bleue que la médisance faisait croître et embellir à mesure que croissait et embellissait la barbe du géant.

Moi, je pris rapidement ma décision : je connaîtrais un jour le secret de Barbe-Bleue, mais je l'obtiendrais de lui-même par la voie la plus sûre, par la voie de l'amitié.

Et chaque fois que je montais à la Tannenmühle, j'apportais au maître une nouvelle recette : c'est par moi qu'il apprit à faire le « gaspacho », ce potage de légumes qu'on ne cuit pas, qui se prépare par simple infusion et macération et qui, glacé comme une sorbet, semble un délice par les jours chauds. Ce « gaspacho » rapporta une fortune à mon brigand, qui le vendait cher et en donnait peu.

Comme je lui reprochais sa parcimonie, il désigna mon entrecôte :

— C'est précisément ce qui me permet de vous donner une si belle pièce de viande à si bon compte.

Que répliquer à cela ?

Je lui appris à faire les abricots flambés, les soufflés à l'œil de paon et bien d'autres friandises encore.

Trois ans passèrent sans que je fisse des progrès sensibles dans mes noirs desseins ; mais en 1940, le jour de Noël, le miracle s'accomplit et je parvins à apprivoiser le géant.

Voici pourquoi ? les Zuricois sont accoutumés à manger chez eux le soir de Noël, en chantant de jolis cantiques autour de leurs jolis arbres. Ainsi j'eus la surprise de me trouver tout seul, ce soir de fête, dans la salle à manger de la Tannenmühle.

— Allons, allons, cher ami, dis-je au chef, recevez-moi avec un sourire : je vous laisse le choix du menu — pour deux, s'il vous plaît.

— Pour deux ? fit le colosse surpris, en regardant par-dessus mon épaule et en ne découvrant personne derrière moi.

— Pour deux, insistais-je. Vous dînez avec moi.

— Alors, je vous ferai un repas qui aura ceci de spécial : il n'aura pas vu le chef.

Et mon ami disparut, me laissant surpris à mon tour.

Quand il revint, je vis qu'il avait échangé la tenue éblouissante de chef contre un complet bleu marine. Il avait arboré une cravate à diagonales noires et blanches et mis de reluisantes chaussures noires.

Ainsi accommodé, il était devenu le général Dourakine de mon enfance dans toute sa splendeur et lui ressemblait d'autant plus qu'il brandissait d'une main un magnum de champagne, tandis que de l'autre il me présentait une boîte de métal circulaire bleu pâle, que je reconnus tout de suite : c'était une boîte de ce caviar Beluga, qui ressemble plus à des perles fines qu'à une grenaille de plomb. Derrière lui, un marmiton, qui avait gardé son uniforme blanc, nous apportait des toasts brûlants et du beurre glacé.

Ce fut le menu d'un repas qui, en vérité, « n'avait pas vu le chef ».

Notre conversation ne chôma pas.

— Pourquoi n'avez-vous pas d'arbre de Noël ? demandai-je.

— J'ai fait le tour de certaines choses, répondit-il.

— Le tour ? interrogeai-je.

— Oui, le tour, répondit mon hôte en remplissant mon verre. Il y a des choses qui reviennent périodiquement : notre anniversaire, par exemple ; autrefois je le fêtais, maintenant il m'ennuie, je ne le célèbre plus. Il en est de même pour les choses que je possède : j'ai une montre en or ; eh bien, j'en ai vu si souvent tourner les aiguilles que je ne la porte plus, elle m'agace. Ces arbres de Noël, dans une maison où il n'y a pas d'enfants, m'ennuient aussi. Je n'en veux plus. Et cette maison que vous voyez, avec sa cuisine trop grande et son office trop petit, commence à me lasser aussi : j'en ai fait le tour, je la vendrai.

Je saisis la balle au bond.

— Montrez-moi votre propriété, lui dis-je.

— Avec plaisir, répondit mon hôte en tartinant son pain rôti de beurre et le recouvrant d'une terrifiante épaisseur de caviar.

Et de fait, lorsque la dernière miette eut disparu, le géant se leva et me montra sa cave, fraîche à souhait, sa buanderie où des linges, blancs comme des cygnes s'étalaient, soigneusement suspendus. Il me montra sa chambre qui ressemblait à une cellule de moine et celles de son personnel, bien mieux meublées que la sienne.

— Je sais, je sais, dit-il lorsque je lui en fis la remarque. Mais la Tannenmühle est loin de la ville et pour retenir des gens à la campagne il faut bien leur offrir quelque compensation.

Le grenier, où séchaient des jambons, répandait une odeur de poivre et de fumée ; l'ordre qui y régnait était merveilleux. Ce fut en le quittant qu'il passa devant la porte que je savais être la porte défendue.

Il hésita un instant.

— Allons, allons, dit-il en tirant une clef de sa poche. Vous êtes un ami. Entrez.

Et, sous les yeux stupéfaits du marmiton et de la fermière qui nous épiaient du bas de l'escalier, il ouvrit la porte sacrée et me fit entrer dans la pièce obscure, qu'il éclaira seulement lorsque la porte se fut refermée derrière lui.

Allons bon, pensai-je, une fois de plus la fermière en sera pour sa curiosité.

Mais la mienne n'était pas encore satisfaite ; je regardai autour de moi.

F. Gugel. 54.

La pièce était rectangulaire, assez grande. Sur la paroi du fond se détachait la silhouette d'un piano à queue, tandis que je notai suspendus aux parois latérales deux douzaines de paysages, qui trahissaient plus de bonnes intentions que de virtuosité.

— Vous peignez ? demandai-je, amusé.

— Non, répondit-il ; les tableaux que vous voyez là sont l'œuvre de ma jeune sœur qui mourut ici même à l'âge de dix-sept ans. Elle voulait à tout prix être peintre. Sa vie en a décidé autrement. Ces peintures ne sont pas assez bonnes pour que je les montre. Je ne veux pas les exposer à des critiques que je supporterais mal ; mais elles ne sont pas suffisamment médiocres pour qu'on les détruise, du moins de mon vivant. Quand je mourrai, on brûlera ces toiles et tout sera dit.

Pendant que notre ami monologuait, j'avais examiné les peintures. Une idée me vint à l'esprit.

— Vous avez peut-être raison, lui dis-je ; mais vous devriez faire une exception pour cette toile, ajoutai-je en désignant une étude très poussée qui représentait un arole centenaire et géant. Cette toile a trop de qualités pour qu'on la détruise. Vous devriez l'offrir à un de nos musées, en disant que c'est la seule toile existante d'une artiste qui avait évidemment un talent exceptionnel.

Le géant rougit de plaisir et me serra la main avec force.

— Quelle bonne idée, me dit-il. Il en sera fait selon votre suggestion.

Mais une nouvelle surprise m'attendait ; car, comme je considérais plus attentivement ce tableau si prenant, l'aubergiste avait ouvert le grand piano à queue et jouait en sourdine, avec beaucoup de sentiment, plusieurs des *Préludes* de Chopin, et non les plus faciles.

Je pris congé de lui et ce fut la fermière qui m'aida à mettre mon pardessus.

— Monsieur a vu *toute* la maison ? me demanda-t-elle, ivre de curiosité. Qu'en pense-t-il maintenant ?

Je ne résistai pas au plaisir de la torturer un peu.

— La maison me plaît, répondis-je, surtout la pièce que je viens de quitter.

La fermière esquissa un signe de croix.

— Enfin, le principal c'est que vous êtes sain et sauf, dit-elle. Mais vous avouerez que cette musique n'est pas chrétienne, continua-t-elle en levant les yeux au plafond, d'où un *Nocturne* de Chopin descendait en gémissant sourdement.

Puis, sans me dire adieu, elle s'enfonça, déçue, dans la nuit.

Je ne revis jamais mon hôte de Noël qui a quitté ce monde, peut-être parce qu'il en avait « fait le tour ».

Mais j'eus, quelques années plus tard, la surprise de voir le tableau de la jeune artiste reproduit à des milliers d'exemplaires qu'on vendait au profit du « Naturschutzverein », avec cette simple mention : « Protégeons nos arbres ».

L'affreux beau jour

La route qui conduit de Schlieren à Baden est rectiligne. Par ce dimanche ensoleillé et sans nuages, l'air chaud qui monte de son macadam fait un mirage comme sur une voie tropicale, et cause en outre une curieuse trépidation du paysage; on croirait que les arbres tremblent et que les maisons vacillent.

Un peu après le pont situé à la sortie de Schlieren, un sentier se détache de la route principale et invite les promeneurs à le suivre en leur offrant des tentations irrésistibles : son ombre et le fait qu'il longe un cours d'eau animé d'une brise délicieuse. Puis, comme si ces deux promesses de plaisir ne suffisaient pas, le sentier s'enfonce encore dans un petit bois de sapins, dont l'obscurité fraîche est également attirante.

Avant de m'y engager, je me retourne pour voir passer les automobiles qui, à toute allure, se dirigent vers Baden.

C'est alors que je distingue à distance un groupe de quatre jeunes garçons, qui n'attireraient sans doute guère mon attention s'ils n'avaient pas eu la fantaisie de se placer en rang de taille et s'ils n'avançaient dans ma direction avec un rythme parfait. Involontairement, je pense à quatre jeunes poneys dont j'avais admiré le merveilleux ensemble, la veille, au cirque des frères Knie.

Le groupe s'approche, grandit et passe sans daigner me regarder: à cet âge, on ne pense qu'à ce que l'on va faire, et ce que l'on va faire est particulièrement important par un ciel si clair, quand la rivière et la chaleur invitent au bain.

Les quatre amis me dépassent de leur pas élastique, ce pas qui suffirait à indiquer leur âge, ce pas qui fait penser aux ailes que Mercure porte à son talon. Le plus grand est blond, comme les blés ; et, en effet, ses cheveux « en brosse » et coupés ras ressemblent à un champ de froment récemment fauché.

Le second, plus petit d'une demi-tête, est si criblé de taches de rousseur qu'on se demande à première vue s'il s'agit bien d'un Européen ou si, au contraire, ce jeune homme est un des phénomènes qu'on montre pour quelques sous dans les fêtes foraines, au tir des enfants.

Je ne me souviendrais pas du troisième s'il n'avait été, un peu plus tard, le plus loquace. Châtain, maigre, les yeux gris, c'est un enfant grandi trop vite et trop citadin pour avoir bonne mine.

Le quatrième enfin, pourrait être Sicilien, Tzigane ou Juif. Ses cheveux noirs sont bouclés et il a ce regard en amande, rare chez les Suisses allemands, mais que j'ai pourtant remarqué à Bâle chez des amis qui répondaient au nom mérité de Sarasin.

Le quatuor s'engouffre dans le bois sombre et en ressort bien vite : à cet âge l'ombre ne semble bonne qu'aux yeux fatigués ou ne convenir qu'aux amateurs de cette curieuse perte de temps : la sieste. Non, c'est la rivière qui les attire, ils s'en rapprochent rapidement et un talus les dissimule à ma vue.

Je pénètre à mon tour dans le bois, dont la fraîcheur me tente. J'y cueille l'*Asperula odorata,* le *Maitrank* des populations germaniques et, étendu sur cette véritable nappe de petites fleurs en forme d'étoiles, j'en respire l'arome exquis qui achève la perfection de ce beau jour.

Tout à coup, un grand frisson me saisit sans que j'en connaisse la cause. J'attribue ce malaise à la fraîcheur trop vive, trop soudaine de la forêt. Mais des appels lointains et angoissés me parviennent; brusquement je me sens plongé dans une atmosphère de drame.

Un bruit de pas précipités se superpose aux cris et bientôt le plus jeune des enfants débouche à l'orée du bois. Il me cherche, mais maintenant qu'il m'a trouvé, son essoufflement l'empêche de prononcer une parole.

Il se borne à tendre la main dans la direction où je l'ai vu disparaître avec ses trois camarades. Ce geste suffit ; j'ai compris : un des garçons est en péril. Je me relève d'un bond et arrive, trois cents mètres plus loin, à l'endroit où s'est joué le drame. Je dis bien s'est joué, car, à mon arrivée, si deux des jeunes gens sont dans l'eau jusqu'à la ceinture, le troisième a disparu.

Le courant est fort et l'eau, à cause des pluies récentes, n'est pas complètement limpide, deux faits qui diminuent les chances d'un sauvetage. Les enfants

apeurés, presque muets, ne savent m'indiquer l'emplacement exact où a disparu leur compagnon.

— Nous avons vu sa main s'élever là, près de ce gros remous — c'est la seule précision qu'ils peuvent me donner.

Par acquit de conscience, mais sans le moindre espoir de succès, je me déshabille et atteins à la nage le remous ; la profondeur et le courant sont tels qu'il est vain de chercher à cette place un corps inerte que les eaux ont déjà, sans doute, emporté en aval.

— Allons, dis-je aux enfants, prenez les vêtements de votre ami et rendons-nous tout de suite à la police, raconter ce malheur.

— A la police ? répondent les rescapés frappés de terreur.

Comme ils semblent diminués, ces enfants qui, tout à l'heure, marchaient allégrement sous le ciel sans nuages ! Ils ne sont plus que trois, le plus grand a disparu, et ceux qui restent paraissent d'autant plus jeunes que la présence autoritaire de l'aîné leur manque. Ils sont l'une pâleur livide et je dois en soutenir un, le garçon au visage tavelé de taches de rousseur, pour qu'il ne défaille pas.

Quel retour silencieux, et comme elle paraît interminable, cette route si courte et si pleine de promesses quelques instants plus tôt ! Et comme il paraît petit, ce paquet de vêtements qui, tout à l'heure, enveloppaient un vivant et qui, maintenant, sans raison d'être, ne semblent plus que des loques dérisoires.

A Schlieren, le commissaire est d'une bonté parfaite ; aucune parole de blâme, aucune marque de sévérité n'effraie encore les trois enfants qui reprennent un peu de courage et de voix.

— C'est votre aîné qui manque, se borne-t-il à dire ; si l'un de vous avait péri, il en serait responsable, mais vous ne pouvez être punis pour la disparition du plus fort d'entre vous. Voyons, continue-t-il, si ces effets nous livreront son adresse précise, puisqu'aucun de vous ne semble la connaître exactement.

Il commence pour moi, le véritable drame. Nous sommes là, impuissants, devant un fait accompli, et ce sont les effets d'un mort que nous examinons un à un. Ils en prennent une importance inattendue : ces hardes deviennent des linceuls. Je me souviens de mon émotion en distinguant les reprises faites avec tant de soin par des mains maternelles sur le maillot blanc qui garde encore un peu des formes sveltes de l'enfant disparu.

Mais l'objet le plus éloquent est un petit mouchoir, une « pochette » qui ne dépasse pas la poche du veston, comme on aurait pu s'y attendre, mais qu'on a soigneusement plié dans une poche intérieure. Ce mouchoir blanc est fleuri en son angle de myosotis bleu de ciel délicatement brodés. Ils sont entourés d'une couronne naïve sur laquelle on lit ces mots : « A mon cher Peter, sa petite Emmy. » Sœur ? Amie ? Je ne sais pas, mais c'est en tout cas le signe d'une amitié, peut-être d'un amour naissant.

Le commissaire se retourne vers moi :

— Vous avez été bien inspiré en m'amenant tout de suite ces témoins du drame, dit-il. Je vais donner les ordres nécessaires pour que l'on drague la Limmat. — Tout à coup, il prend un air soucieux, puis gêné :

— Il va falloir prévenir les parents, poursuit-il. Vous avez été le dernier à voir ce garçon en vie : m'accompagneriez-vous à sa demeure ? Rien ne vous y oblige, mais, en venant avec moi, vous allégeriez ma tâche et votre déposition serait utile à ces enfants, ajouta-t-il paternellement.

Répondre non eût été inhumain ; mais c'est la mort dans l'âme que j'acceptai d'accompagner le policier.

Entre Schlieren et Altstätten se dressent plusieurs collines basses, sur lesquelles des familles modestes ont construit de petites maisons rustiques entourées de vergers bien plantés.

Quand nous arrivons à la demeure qui nous avait été indiquée par l'un des enfants, nous trouvons la famille assemblée sous un grand cerisier ; entre ses feuilles luisantes on voit encore quelques fruits mûrs. Je pense involontairement à celui qui n'en mangerait jamais plus !

A notre arrivée, le père et la mère, une petite fille et un jeune garçon viennent à notre rencontre, affables et inquiets. Il me suffit de regarder le visage du petit garçon pour deviner que nous sommes parvenus à la bonne adresse : la ressemblance est frappante.

Tout se passe avec une simplicité déconcertante.

— Peter ? demanda simplement la mère.

— Peter, répondit le commissaire. Et la malheureuse femme se mit à pleurer.

Nous apprîmes un peu plus tard que l'enfant disparu était atteint d'épilepsie, mais un traitement semblait avoir fait merveille ; alors on avait un peu diminué la surveillance.

— Quel bonheur, madame, que vous ayez un second fils, qui pourra prendre dans votre affection la place de son frère aîné, dit alors le policier, sa main immense sur la tête du petit garçon.

La mère hocha la tête affirmativement sans mot dire.

— T'appelles-tu Emmy ? demandé-je à la petite sœur, en larmes elle aussi.

— Non, fait-elle, étonnée.

— Connais-tu Emmy, l'amie de Peter.

— Oui, bien sûr.

— Alors, donne-lui ce mouchoir, dis-je en prenant le petit mouchoir sur la table où gisent les effets du défunt, surpris moi-même de l'autorité que j'usurpe.

Je me demande encore aujourd'hui si je n'ai pas agi sous le contrôle d'une volonté étrangère à la mienne. La mère est bien touchante :

— Quand vous traverserez Zurich, me dit-elle, venez nous saluer ; vous êtes désormais un ami. Vous avez été si bon d'accompagner le commissaire.

Nous regagnons la plaine et là je prends congé de l'excellent homme.

— Toujours à votre service, dit-il simplement, en me tendant une main dans laquelle la mienne disparaît complètement.

Demeuré seul, je considère le ciel sans nuages. Sur la route qui conduit de Schlieren à Baden, l'air chaud qui monte en colonne révèle sa présence par une curieuse trépidation ; on pourrait croire que les arbres tremblent et que les maisons vacillent. Mais ce n'est qu'une illusion, car il suffit que je tamponne mes yeux avec mon mouchoir pour que le paysage reprenne sa stabilité

C'est le plus beau jour de l'année, mais aussi le plus affreux des beaux jours.

Le guide

Le « Monsieur » qui se promenait de long en large, comme un ours en cage, dans le Bureau d'assistance aux rapatriés, en gare de Zurich, écrasa sa cigarette dans un cendrier de porcelaine en forme d'écusson qui portait simultanément une devise patriotique et le nom d'une fabrique de bière.

Puis il considéra longuement sa montre de poignet en platine dont le cadran compliqué indiquait tout sauf l'heure, et vit qu'on était à la veille de Noël 1941 et qu'il allait être minuit.

Il poussa alors un soupir d'aise :

— Allons, allons, le dernier train de voyageurs a passé. Plus de convois de Lithuanie, d'Allemagne ou d'ailleurs. Je vais pouvoir regagner le « Château Rouge » en longeant la Limmat. Mon coker-épagneul m'attend avec impatience. Et moi j'attends impatiemment mon grand lit.

A ce moment précis, quelqu'un frappa à la porte vitrée. Le bon citoyen leva la tête; son front que la pensée n'avait guère marqué de son burin se plissa comme l'eau d'un lac placide lorsque le temps change.

Son rêve s'évanouissait et allait probablement faire place à un cauchemar, à la vision sans cesse renouvelée de ces malheureux qui quittaient « tout » sans être certains de rien trouver.

Notre ami espéra pourtant avoir été la victime d'une illusion acoustique car, sur les carreaux en verre dépoli, il ne voyait pas comme d'habitude la silhouette du visiteur tardif se projeter telle une radiographie géante.

Tout de même, par acquit de conscience, il ouvrit la porte. Il se trouva face à face avec un petit garçon méchamment vêtu et qui portait un ballot formé d'un mouchoir bariolé noué aux quatre coins.

ENTREZ SANS FRAPPER
F. Gugel

L'enfant était de si petite taille que sa tête n'atteignait pas le niveau du vitrage de la porte, ce qui expliquait qu'il eût semblé invisible.

— Entrez, fit le « Monsieur » en soupirant. Puis se rappelant que les enfants craignent ceux qui les voussoient, il se reprit :

— Entre. Comment t'appelles-tu ?

— Hans Schweizer, dit-il sans timidité.

Le philanthrope nota alors que l'enfant était précocement vieilli et que ses traits d'adulte trahissaient le nombre des expériences, bonnes et mauvaises, déjà vécues : la guerre avait patiné ce jeune visage.

— D'où viens-tu si tard ?

— J'ai quitté à onze heures et demie le train arrivé de Pologne et, comme maman me l'a recommandé, j'ai été tout de suite à la Lindt-Escher-Platz, à la recherche de la « Fondation Pestalozzi ».

— Fondation Pestalozzi ? Mais il n'existe rien de semblable que je sache, du moins à la Lindt-Escher-Platz.

— Maman a dû se tromper, soupira Hans.

— Elle aura été induite en erreur par quelque similitude de nom, reprit le « Monsieur » qui aimait le beau langage. Mais, continua-t-il en se rasseyant et en tambourinant sur la table, comment es-tu arrivé ici ? Qui t'a donné cette adresse ?

— Un petit garçon m'a abordé et m'a conduit jusqu'à la gare et là il m'a indiqué votre porte.

— Un petit garçon ! Quel petit garçon ? fit le bourgeois, intrigué.

— Je ne sais pas son nom, répondit Hans Schweizer. Il était vêtu comme moi mais sa chemise était bien plus déchirée que la mienne poursuivit-il sur un ton de fierté. Il avait les pieds nus...

— Une chemise déchirée ! Les pieds nus ! A Zurich ! A deux pas de la Bahnhofstrasse ! Que me contes-tu là ?

— Il avait les pieds nus, répéta Hans avec fermeté.

— Et pourquoi ne t'a-t-il pas accompagné dans mon bureau ? interrogea le philanthrope un peu méfiant.

— Il m'a dit qu'il n'avait pas l'habitude de marcher et aussi qu'il devait retourner tout de suite à la Lindt-Escher-Platz. « Il ne faut pas qu'on s'aperçoive de mon absence ; toute la ville en parlerait », a-t-il dit.

— Que me contes-tu là ? fit pour la seconde fois l'hôte du « Château Rouge », de plus en plus méfiant.

Qui s'intéresserait à Zurich à la présence ou à l'absence d'un petit va-nu-pieds ?

L'homme hésitait.

— Bah, s'exclama-t-il après un moment de réflexion, on ne peut pas laisser cet enfant (même s'il ne me semble pas véridique) dormir en plein air à ces heures.

Et il décrocha le téléphone.

Ici s'achève l'histoire de Hansli qui fut immédiatement accueilli par de braves gens et choyé par eux.

Mais, si étrange que cela puisse paraître, c'est ici que commence l'histoire de notre philanthrope.

Le lendemain, comme de coutume, il se réveilla dans son lit à deux places (les lits à deux places finissent toujours chez les célibataires) lorsque son domestique lui apporta sur un plateau de laque rouge son café au lait, ses croissants et le journal du matin, ce *Morgenblatt* sans lequel les vrais Zuricois ne sauraient commencer leur journée.

Il trempait son « Hörnli » dans sa tasse à demi-pleine et le mastiquait en faisant un bruit qui rappelait un train qui passe, tout en parcourant le journal qu'il déployait peu à peu.

Soudain il posa son croissant, geste qui témoignait d'une émotion violente.

— Mon Dieu, mon Dieu, murmura-t-il. Et il devint très pâle.

Puis il relut à voix haute (sans doute pour s'assurer qu'il n'était pas la victime d'un rêve) l'entrefilet dont le contenu l'avait si fortement frappé.

« L'agent de police qui faisait sa ronde hier soir à onze heures et demie s'aperçut en traversant la Lindt-Escher-Platz que des vandales avaient dérobé la statue en bronze du petit orphelin qui flanque celle de son bienfaiteur Heinrich Pestalozzi : le protecteur de l'enfance se dressait seul au milieu du square verdoyant. Sans doute les vandales ont-ils été pris de remords puisque, lorsque l'agent revint un quart d'heure plus tard pour faire son rapport et dresser son procès-verbal (mais peut-on dresser un procès-« verbal » lorsqu'il s'agit d'une statue ?) il vit que l'orphelin à la chemise en loques et aux jambes nues avait été replacé sur le socle et que l'Ami de l'enfance lui serrait de nouveau la main dans son geste d'inépuisable bienveillance. »

— Mon Dieu, mon Dieu, s'exclama le châtelain, la Lindt-Escher-Platz, onze heures et demie, les jambes nues, la chemise déchirée. Tout coïncide !

Et, s'étant levé, il fit ce qu'il n'avait pas fait depuis bien des années : il s'agenouilla et pria.

Le cèdre

En 1945 je rapportais des Etats-Unis un souvenir bien inutile : une pneumonie inguérissable par les méthodes connues et préconisées.

On l'appelait alors « virus pneumonia », et je ne crois pas qu'on lui ait donné après un autre nom depuis lors.

Le docteur qui s'occupa de moi à l'Hôpital cantonal de Zurich, fasciné par un cas aussi rebelle, me soigna avec une patience, un intérêt et une curiosité qui me touchèrent vivement.

Il poussa la minutie de ses recherches jusqu'à se procurer, je ne sais comment, une mangouste des Indes, pour savoir si cet animal était, comme on l'affirmait alors, sensible à ce virus nouveau.

Ce qu'il advint de la mangouste, je l'ignore, mais elle nous amena tout naturellement à parler des Indes et, sujet plus humain, des Hindous.

— Votre voisin de chambre est Hindou, me dit le médecin en me quittant. Il est plus malade que vous, mais il l'ignore, heureusement !

De temps à autre, quand mes forces, lentes à revenir, le permettaient, je demandais soit au docteur, soit à mon infirmière, plus loquace, des nouvelles de mon voisin inconnu.

Il m'inspirait, je ne sais pourquoi, de la sympathie. Son âge, dix-huit ans, sa solitude, et peut-être surtout sa résignation qui faisait l'admiration de mon infirmière, devaient être la cause de mon intérêt.

— Il est le plus obéissant des malades, disait-elle parfois, et si solitaire ! Personne ne lui fait visite, personne ne lui écrit jamais. Pourtant il ne se plaint plus depuis qu'il a cette chambre et qu'il voit de près son arbre.

— Son arbre ? Que voulez-vous dire ?

— Oui, il habitait ces trois derniers mois une chambre au nord-est, et de

Jugel fec 54.

sa fenêtre il apercevait une seule branche d'un grand cèdre qui dépassait l'angle de l'hôpital ; il me disait :

— Nous avons un cèdre semblable dans le jardin de mon père à Lucknow ; comme je serais heureux si je pouvais le voir entier !

— Eh bien, Monsieur, quand un obscur pressentiment nous fait craindre qu'un malade soit inguérissable, nous accomplissons, nous sœurs, les petits miracles auxquels les médecins, faute de temps, ne songent guère. Et si le jeune Ramon est votre voisin, c'est parce que j'ai pu obtenir pour lui ce changement de décor.

— Ah ! si vous saviez quelle fut sa joie quand, par la fenêtre ouverte, il put voir tout entier l'arbre dont la branche la plus proche se balançait à peine à un mètre de lui ! « Je crois être à Lucknow dans notre jardin. Qui sait ? Mainnant, je guérirai peut-être. »

— Quel est son mal, interrogeai-je ?

— Tuberculose, répondit la sœur, comme à regret, en craignant d'avoir enfreint sa consigne.

Tuberculose ! 18 ans et l'hiver qui approche, fis-je en supputant malgré moi les chances de malheur.

Mon infirmière hocha la tête et me quitta en soupirant. Les semaines passèrent et les nouvelles de Ramon devinrent plus mauvaises.

Il ne mangeait guère, parlait encore moins et n'écrivait qu'une fois par semaine une lettre qui semblait demeurer sans réponse.

— Il ne parle plus qu'avec son arbre, me dit la nurse.

— Avec l'arbre ? fis-je, intrigué.

— Oui, le cèdre de l'Atlas, du Liban ou des Indes, que sais-je, répondit Mlle Schmidt. Il prétend que l'arbre écoute et répond même à ses signes de main. Je dois dire que j'ai vu la branche la plus proche de sa chambre se balancer inexplicablement par une journée sans vent.

— Allons, sœur, fis-je amusé, vous êtes une romancière. C'est vous qui devriez écrire des contes !

— Tout cela n'est pas bon signe, reprit Mlle Schmidt, que ne troublait nullement ma visible incrédulité. Si au moins, comme vous le faites, il lisait, s'instruisait. Mais à tout ce que nous suggérons pour le distraire, il ne répond que par trois mots : « A quoi bon ? »

Une autre semaine passa et j'entrai enfin en convalescence. Je décidai de connaître le malade et de lui parler de son pays. Mais voudrait-il me voir ?

— Si mon voisin connaît les Indes, alors je veux bien le rencontrer, avait répondu Ramon.

Et nous fixâmes un rendez-vous pour l'heure du thé le jour suivant.

Au matin, je vis que Mlle Schmidt, mon infirmière, avait les yeux rouges. Elle paraissait fatiguée et restait silencieuse.

— Que se passe-t-il, chère Mademoiselle Schmidt ? lui demandai-je. Des ennuis ? Un malheur...

— Vous ne ferez pas la connaissance de Ramon, me dit-elle, il est mort cette nuit.

Un frisson me parcourut. Instinctivement je touchai mes membres comme pour m'assurer de leur réalité, de leur rassurante tiédeur, de ma propre existence.

— Ah, Monsieur, fit-elle, en passant sur ses yeux un petit mouchoir orné d'un liseré bleu que je vois encore, ah Monsieur, il y a eu un miracle. Et cela me console un peu.

— Un miracle, ma sœur ? Que voulez-vous dire ?

— Eh bien, ce matin, quand je suis entrée dans la chambre de Ramon, il paraissait sourire, mais sa couleur était si changée, une si curieuse pâleur transparaissait sous le bronze naturel de sa peau que je compris avant même d'avoir posé mon oreille sur sa poitrine où son cœur ne battait plus.

— Mais, Mademoiselle Schmidt, cela n'a rien de miraculeux. Vous avez vu tant de morts et de mortes que vous savez reconnaître la mort quand vous la rencontrez, fis-je, très ému.

— En effet, Monsieur, cela n'a rien de miraculeux. Le miracle est ailleurs. La fenêtre était ouverte, comme il l'avait demandé la veille, soit parce que l'air mobile facilitait sa respiration, soit parce qu'il pouvait mieux voir ainsi son cher arbre. Eh bien, Monsieur, la branche la plus proche du cèdre que, la veille encore je n'aurais pu atteindre en étendant le bras hors de la fenêtre, était entrée dans la chambre et effleurait le corps du jeune Hindou. Ah Monsieur ! son sourire était dû à la présence de cette branche douce et odorante qui, comme une main amie, s'était posée sur lui pour l'aider à mourir.

Mlle Schmidt sortit ; elle pleurait. Arrivée à la porte, elle se retourna :

— Ne voulez-vous pas le voir avant que... ?

Je me levai et passai une robe de chambre.

Comme il était paisible, ce jeune page, qui semblait le prince endormi d'une miniature persane. Mais son sourire pathétique semblait, comme un fard très léger, dissimuler imparfaitement un masque de désespoir.

Je me pris à maudire ces quelques heures qui, retardant notre rencontre, nous avaient séparés pour l'éternité.

Après avoir jeté un dernier coup d'œil sur cet être que je devinais amical et qui, ses cheveux repliés sur la nuque comme deux ailes, semblait un oiseau tombé de cet arbre dont une branche véritablement reposait sur ses genoux, je regagnai ma chambre et là, dans la solitude, ce fut à mon tour de pleurer. Et à la saveur de mes larmes se mêlait l'amertume que j'éprouvais à me sentir guéri.

. . . .

Jamais je ne traverse Zurich sans aller saluer le cèdre, il est beau et prospère, je le voudrais éternel !

Une apparition

Lorsqu'un romancier souhaite de plonger ses lecteurs (s'il en a), dans une atmosphère favorable à la peur et propice au mystère, il prend soin de placer les personnages de son récit dans un décor approprié. Il fait surgir de toutes pièces une maison de campagne isolée, ou, ce qui est encore plus inquiétant et beaucoup plus distingué, un château, historique à souhait et moyenâgeux énormément. Après avoir ainsi pourvu aux premières nécessités, il déchaîne tous les éléments. Les éclairs précèdent les roulements du tonnerre, la pluie bat les carreaux de fenêtres, des rafales de vent ouvrent inopinément les portes les mieux closes et la plainte des vagues marines, savamment comparée aux gémissements des blessés demeurés sur un champ de bataille, complète le tableau.

Je crains bien de ne pouvoir communiquer à mes lecteurs l'émotion profonde et unique en ma vie que je ressentis certain soir. Car la vérité de mon récit m'oblige à les conduire au cœur d'une grande ville, et bien vivante, toute sonore du coup de trompe des autos qui passent, comme les eaux d'un fleuve, dans ses larges rues ; une ville que la nuit même ne parvient pas à rendre mystérieuse, parce que le mystère fuit devant les banderoles aveuglantes de ses affiches au néon et devant la fête de ses étalages illuminés presque sans trêve.

Je veux parler de Zurich. Non loin de la Peters Kirche, il y a un petit restaurant bien connu des gourmets. A ceux que la curiosité ou la gourmandise conduirait de ce côté, je dirai que les volets sont peints de hachures vertes et blanches et que par les fenêtres on aperçoit non seulement l'église de Saint-Peter, mais encore la charmante demeure qui tint lieu de cure et qui hébergea Lavater.

Souvent, j'ai gravi l'escalier de chêne qui conduit à la pièce vieillotte où l'on mange des canards sauvages dignes d'un renom que j'ai déploré plus d'une fois, lorsqu'il m'a fallu ressortir « bredouille », faute de m'être assuré une table.

Gugel

Cet escalier est séparé de l'extérieur par une porte-écran en verre dépoli, décorée de grappes de raisins. Au centre, l'on voit une gravure au sable assez fine. Elle représente Gœthe cinquantenaire.

Le portrait du poète se retrouve un peu partout dans cette maison. Une miniature a fixé les traits de sa jeunesse ; une sanguine, la beauté grave de son âge mûr. Enfin, un portrait de l'école de Tischbein offre l'image d'un vieillard imposant, revêtu d'une houppelande et coiffé d'un immense chapeau, dont les bords ne parviennent pas à dissimuler complètement de longs cheveux « poivre et sel ». Debout devant une table, le maître s'y appuie de la main droite. Le médius porte une énorme turquoise taillée en croissant de lune, et cette seule main, longue et fine, révèle un esthète, un poète, un écrivain.

Cette demeure reste fidèle au souvenir de Gœthe. Souvent, il y est venu dîner. Ces marches ont gémi sous son pied. A l'une de ces tables, il s'est assis, et là, il a dégusté tour à tour des vins du Rhône ou du Rhin. Il a goûté aux fromages et à la crème de la Suisse centrale et aux beignets de pommes douces, dont la recette s'est conservée et que l'on mange, aujourd'hui encore, accompagnés de ces fritures légères, saupoudrées de sucre, que nous appelons, en Suisse romande, des « merveilles » et qui méritent quelquefois leur nom. Mais je m'excuse d'une digression aussi longue. Et j'arrive à l'incident que je vais vous conter.

Il y a quelques mois à peine, je m'arrêtai à Zurich pour y passer la nuit. La force de l'habitude, jointe à celle, plus impérieuse encore, de la gourmandise, me fit monter une fois encore l'escalier de bois ciré.

Dès mon arrivée, je m'aperçus que l'éclairage était mauvais. Les lampes électriques brûlaient en veilleuse. Dans cette demi-obscurité, la petite pièce reprenait l'air de réserve un peu sévère qu'elle devait avoir cent ans plus tôt, alors qu'elle était éclairée aux chandelles.

Je le fis remarquer à la servante.

— C'est la première fois que ça nous arrive, répondit-elle. Ça ne tombe d'ailleurs pas trop mal, puisque nous n'avons personne.

— Quoi ! Personne !

— Personne ! affirma-t-elle de nouveau. Et c'est bien extraordinaire. C'est aussi la première fois qu'une chose pareille arrive depuis que je suis ici ; pourtant, il y aura bientôt quinze ans de ça.

En effet, si les couverts étaient dressés, si quelques chaises fallacieusement appuyées contre les tables pouvaient provoquer quelques illusions, j'étais bien, en réalité, le seul hôte du logis et je le demeurai, ou presque.

Pendant que je me battais avec inélégance, mais victorieusement, contre des pattes de grenouille, je m'aperçus que, peu à peu, les rumeurs de la ville s'éteignaient et ne m'arrivaient qu'amorties.

Plus de trompes d'autos, plus de ronflements de moteurs, plus même le bruit des pas. D'une marche progressive, le silence envahissait la salle, et cette progression était si régulière que j'en vins à me demander, non sans quelque appréhension, si ce n'était pas là un phénomène subjectif et si je n'allais point devenir sourd.

La bruyante arrivée de la jeune femme, qui m'apportait les champignons farcis, me rassura.

— Il neige, me dit-elle. Les flocons tombent si serrés qu'on ne voit pas à un mètre devant soi. Voilà pourquoi la lumière est mauvaise. On dit que les câbles se rompent quand ils portent un gros poids de neige fraîche.

Je me levai et, allant à la fenêtre, j'écartai les rideaux et regardai au dehors. La neige tombait en flocons drus. Leur avalanche silencieuse éteignait, peu à peu, tous les bruits de la ville.

A la Peters Kirche, le timbre fêlé de l'horloge égrena dix coups dans le silence. Et, subitement, entre les murs de cette pièce mal éclairée, où les rumeurs du dehors n'arrivaient qu'assourdies, je me crus transporté à cent cinquante ans en arrière. Le son même de cette cloche antique me parut un soupir de vieillesse résignée...

Tout à coup, je perçus un bruit auquel je ne m'attendais pas et dont l'anachronisme plut à ma rêverie. C'était le tintement des grelots accompagnant le rythme étouffé d'un attelage à deux chevaux. Je tendis l'oreille. Mais je ne me trompais pas. Le bruit se rapprochait et devenait de plus en plus distinct. J'aurais même juré que l'équipage invisible — je m'étais inutilement penché à la fenêtre dans l'espoir de le découvrir — s'était arrêté à la porte de l'auberge.

C'est, pensai-je, la poste des temps jadis. Elle s'arrêtait ici, au relais. A moins que ce ne soit un équipage fantôme ?

L'escalier craqua sous un pas ferme et mesuré. Puis les pas se rapprochèrent et la porte s'ouvrit.

Un vieillard de haute taille entra dans la pièce. Il était revêtu d'un manteau qui ressemblait à une houppelande, et coiffé d'un chapeau à larges bords que la neige avait transformé en galette blanche. Il enleva son manteau, secoua son chapeau, jeta un rapide coup d'œil au portrait de Tischbein et s'assit. Je demeurai stupéfait.

J'avais, devant moi, sous le portrait, sa réplique exacte, mais vivante. Même nez aquilin, mêmes cheveux longs, poivre et sel, même mouvement hautain de la tête rejetée en arrière, et, détail qui paraîtra incroyable, même col empesé d'un modèle aujourd'hui disparu, et qui soutenait le menton en le dépassant de ses deux pointes.

La servante était allée chercher la carte des mets qu'elle posa devant lui, sur la table. Alors, seulement, il ôta ses gants.

Je vis une main longue et nerveuse, des doigts expressifs. Le médius portait une turquoise énorme, taillée en croissant de lune.

Je me demandai si je rêvais. Un subit éclat de la lumière me convainquit que j'étais parfaitement éveillé. Le personnage était bien là. Installé dans son coin, il composait tranquillement son menu. Et, pendant qu'il mangeait, je ne le quittai pas des yeux.

Il ne sembla pas s'en apercevoir tout d'abord, puis son regard, un instant distrait, s'arrêta sur le mien l'espace d'une seconde et je crus surprendre un sourire amusé. Sans paraître s'occuper davantage de ma présence, il acheva de dîner. Lorsqu'il eut fini, il remit sa houppelande, son chapeau, ses gants, demanda l'addition, laissa sur la table un pourboire qui lui valut une révérence et partit, très vite, sans ajouter un mot, comme s'il eût craint d'être interpellé. On l'entendit descendre rapidement l'escalier. La porte d'entrée s'ouvrit et se referma; un bruit de grelots résonna au dehors.

En hâte, je payai ce que je devais et me précipitai aux cuisines.

— Qui était le monsieur qui vient de sortir ? demandai-je à l'hôte affairé autour de ses casseroles.

Je posai cette question sur un ton qui dut paraître étrange au maître du logis, car il hésita un instant avant de répondre.

— C'est un monsieur de Weimar, dit-il enfin. Il y séjourne justement ce soir pour assister à l'ouverture d'une exposition qu'on fait en l'honneur de son arrière-grand-père... Wolfgang Gœthe...

Quelques minutes plus tard, je quittai l'auberge. Il neigeait à flocons serrés. Un traîneau passa dans la rue désertée par les automobiles, et j'en profitai. Enfoui sous les peaux de chèvre qui tenaient lieu de couvertures, les yeux fermés, j'écoutais le tintement des grelots. C'était une voix du passé où je venais de vivre une heure.

La lettre d'amour

Mon invité, le célèbre danseur, refusa une dixième cigarette, mais accepta une nouvelle tasse de thé ; et, selon la coutume de la petite Russie dont il était originaire, mit sous la langue le morceau de sucre que je lui offrais, sirotant en même temps le liquide ambré et amer.

— Vous avez assisté, me dit-il, à ce que vous voulez bien appeler mes « triomphes » et que vous me permettrez de rebaptiser plus justement mes « succès ». Ma modestie est, croyez-le, sincère et je vais vous en confier l'origine, que je n'ai jamais avouée encore à personne. Je crois que mon existence mouvementée n'est pas loin de se terminer (par politesse je fis un geste de dénégation qu'il feignit de ne pas voir) et, en tous cas, l'heure de cesser mon activité a sonné ; et, si ce que je vais vous dire venait à être connu, cela ne pourrait me causer désormais aucun tort.

— Eh bien, la vérité vraie, la voici : jamais, vous m'entendez, jamais, pendant les quarante années que j'ai paru sur les scènes du monde entier, je n'ai reçu une seule lettre d'amour.

— Cela s'explique facilement, interrompis-je ; vos admiratrices étaient d'avance persuadées que vous en receviez tant que cela les décourageait de tenter leur chance !

Mais mon interlocuteur secoue la tête.

— Non, non, fit-il, votre raisonnement n'est pas juste, puisque, en ce qui concerne ma partenaire, les choses étaient fort différentes.

Elle me priait, un peu sadiquement, de décacheter pour elle les nombreuses lettres qui encombraient sa loge (surtout lorsque l'écriture tracée sur l'enveloppe ne lui était pas familière). Ces lettres, je dois le dire, se ressemblaient passablement:

« Vous ne me connaissez pas, Mademoiselle, et pourtant je suis chaque jour au nombre de vos spectateurs, car depuis le jour où je vous vis danser pour la première fois, je n'ai plus qu'une pensée, etc., etc. »

Je fis une nouvelle tentative pour rasséréner le danseur :

— Si vous n'avez pas reçu de lettre semblable, fis-je, à demi-convaincu, c'est tout simplement parce que les femmes ont plus de retenue que les hommes ; elles sont moins expansives et, d'ailleurs, vous voyant toujours secondé par la même partenaire, elles en ont probablement conclu que votre couple était... indissoluble.

— Soit, dit le danseur pensif, cette fois-ci je peux mieux suivre votre raisonnement. Mais, reprit-il au bout d'un instant et de cette voix assez forte dont les Russes usent souvent quand ils veulent persuader, il aurait dû se trouver au moins UNE exception, l'Exception avec un E majuscule ; il aurait dû se trouver une personne qui aurait fait fi de toutes les convenances, une femme qui se serait adressée à moi... en désespoir de cause !

J'aurais voulu pouvoir réconforter l'artiste aux tempes grisonnantes en lui disant que son cas était loin d'être unique et que la carrière d'auteur ne m'avait valu aucun billet doux.

Mais un tel aveu eût été d'autant moins sincère que, depuis le début de l'an, au commencement de chaque mois, je recevais une petite enveloppe mauve (que j'avais appris à reconnaître à distance) et dont le contenu était un certain carton également mauve qui m'apportait un message laconique, toujours le même, composé de ces trois seuls mots : « Je vous aime. »

Pas de signature, pas de date, et bien entendu pas d'adresse...

Seul le timbre m'apportait un vague éclaircissement, car il était toujours oblitéré à la poste centrale de Neuchâtel.

Mais Neuchâtel comptant plus de cinquante mille habitants, le rébus demeurait indéchiffré.

Je m'abstins donc de faire part à mon ami de ce « succès » et il s'éloigna, la tête penchée, assez abattu, me semble-t-il.

Par un heureux hasard, je reçus, peu de temps après cette conversation, la visite d'un parente qui venait assez fréquemment faire de petits séjours chez moi.

Or, ma cousine était graphologue, et même graphologue réputée, aussi l'idée me vint-elle bientôt de lui soumettre une des fameuses « déclarations » anonymes.

A ma surprise, après avoir regardé un instant les trois mots si clairement tracés, elle prit une expression embarrassée, mêlée, me sembla-t-il, d'un peu de méfiance. Visiblement, elle hésitait à se prononcer.

Enfin, elle s'excusa :

— Ce n'est que demain, déclara-t-elle (comme si elle avait tenu à gagner du temps), que je pourrai te faire part de mes observations.

Et elle se retira dans sa chambre, emportant le bref message qui avait semblé lui déplaire si fort.

Le lendemain au petit déjeûner, ce fut elle qui reparla la première des billets, car je confesse que ce petit problème était sorti de mon esprit, ce qui prouve que je ne lui attribuais pas beaucoup d'importance.

Avec l'énergie des timides, elle s'écria :

— Eh bien, c'est du joli, ce message est écrit par un homme ! Et elle me rendit le billet mauve avec une désinvolture qui me parut feinte.

— Par un homme ! m'écriai-je, ou plutôt me récriai-je.

— Par un homme, cela est sûr et certain, reprit ma cousine qui paraissait soulagée d'un grand poids : tous les graphologues du monde me donneront raison. Mais, si cela peut te tranquilliser, reprit-elle presque aussitôt, je te dirai bien vite que l'auteur de ce message n'est pas... (elle hésita, cherchant ses mots) n'est pas un « freluquet ». Non. Ceci est l'écriture d'un homme d'un certain âge, d'un patricien revenu de bien des choses, comme l'indiquent simultanément l'élégance du tracé et un léger tremblement révélant une tendance au mal de Parkinson ou une passion extrêmement vive à ton égard.

— J'aimerais mieux cette dernière hypothèse, fis-je en riant, elle est plus flatteuse... Mais tu me vois bien surpris d'apprendre que, parvenu à l'âge de la calvitie, je puis inspirer « une passion extrêmement vive » (pour employer tes propres termes) à un personnage de mon sexe et d'âge mûr ; c'est ahurissant et me ferait douter de la graphologie...

— D'âge mûr, c'est l'expression qui convient, confirma ma cousine, sans relever ma pointe contre son art. Les caractères qu'il trace sont ceux qu'on donnait comme modèle aux écoliers à une époque où le professeur de calligraphie taillait encore les plumes d'oie pour ses élèves et leur apprenait à faire toutes sortes de « fioritures » aujourd'hui bien oubliées. Quant à la « distinction » que j'attribue à l'auteur de ces lignes (ou plus exactement de cette ligne), je la relève dans l'assurance du tracé, dans la parfaite formation des f et des s jadis assez semblables, comme tu auras pu le remarquer en examinant des lettres originales de Jean-Jacques Rousseau ; cette écriture me rappelle d'ailleurs un peu la sienne.

Allons bon, me dis-je, j'avais oublié que ma cousine était spirite ; peut-être va-t-elle attribuer l'origine de ces messages à des phénomènes fantomatiques.

— Voyons, ma chère, fis-je au bout d'un moment, en admettant que tu aies deviné le sexe de mon correspondant, ne te serait-il pas possible d'en dire davantage sur son caractère, sa profession, sa personnalité ?

Ma cousine avait sans doute passé une nuit blanche et étudié à fond les caractères du message mystérieux ; car elle connaissait par cœur son verdict et me le récita comme une leçon parfaitement apprise :

— Personne âgée, aimant la solitude, de sexe masculin, élégante, distinguée, mais dépourvue d'imagination. Egoïste, si « férocement égoïste » que je suis même surprise de le voir exprimer un sentiment... tendre. En réalité, tout semble indiquer que cette personne n'est éprise que d'elle-même. C'est un cas de parfait « narcissisme ».

J'ajouterai que ton correspondant est vraisemblablement noble, puisque le v dont il se sert dans le mot vous est en réalité le v de l'alphabet allemand et qu'il l'accentue involontairement, ce qui me porterait à croire qu'il y a un « von » dans son nom (mais je reconnais que cette hypothèse est hardie).

Je dirai enfin qu'il est étrangement « méticuleux » : vois le point sur l'i, parfaitement circulaire et placé dans le prolongement exact de la lettre.

— Bien, bien, fis-je en riant. Si je venais à hériter de la fortune de mon mystérieux... admirateur, je ne manquerai pas de t'en avertir ; et il y aurait un souvenir pour toi.

Ma cousine parut ravie de voir que je n'avais pas pris ses assertions trop au sérieux.

Et sans doute toute l'enquête relative aux billets mauves en serait restée là, aurait dû en rester là, sans la curiosité d'une jeune fille qui venait de temps à autre chez moi chercher de petits cadeaux destinés à entretenir son amitié (entretenir est le mot juste).

Le malheur voulut qu'elle tomba sur ma collection de cartes amoureuses. Et elle n'entendit pas laisser passer sous silence sa découverte qui prouvait, affirmait-elle, l'existence d'une rivale sans doute comblée par moi des plus riches présents. Cette rivale cherchait à la supplanter dans mon affection et il fallait qu'elle mît fin à cette « odieuse » correspondance ! Or sa bonne fortune, ou son malheur, voulait qu'elle fût liée d'amitié avec un détective de profession.

Cet expert chercha d'abord à l'éconduire et à lui rendre les deux billets qu'elle lui avait soumis comme « preuve tangible de mon infidélité », lorsque soudain il se ravisa : le détective se réveillait en lui.

— Sans le vouloir, vous m'avez mis devant un problème assez troublant.

Ces deux cartes n'ont pas été écrites à la même date, ni à l'aide de la même encre. Et pourtant, toutefois, on pourrait jurer qu'il s'agit là de reproductions fidèles d'un troisième document qui leur serait en tous points semblable.

Voyez comme les mots tracés sur ces deux cartes se ressemblent et comme ils peuvent se superposer avec précision, comme un film négatif et un positif ; et pourtant, il ne s'agit pas ici de matériel photographique, ni même de papier sensibilisé.

Puis le détective se grattait le menton d'un air perplexe.

— En tout cas ce papier mauve me paraît peu banal et pourrait nous fournir le moyen d'identifier l'expéditeur : pourriez-vous m'en confier un exemplaire ?

— Bien volontiers, répondit la jeune fille, dont la curiosité était piquée au vif et qui n'eût pas hésité à prêter la Tour Eiffel au policier si elle avait été certaine que ce document encombrant l'eût fait découvrir cette rivale à laquelle elle se promettait d'arracher les yeux.

— Mon ami ne s'apercevra nullement de l'absence d'un billet. Le nombre de ces messages est incalculable. (Elle exagérait puisqu'il n'était que de 4 ou 5), mais au fond elle avait raison, puisque je ne m'aperçus pas de la disparition du carton mauve enlevé dans un tiroir que je ne fermais pas à clef, n'ayant somme toute rien à me reprocher.

. . . .

Un mois passa sans que le détective, qui avait bien d'autres préoccupations, donnât signe de vie.

Puis, un jour, il téléphona à Claudine (lorsqu'il s'agissait de femme, il avait la sagesse de ne jamais écrire) et lui dit qu'il avait trouvé sans aucune peine la papeterie qui vendait ces polis « bristols » désuets. Un seul amateur venait les acheter périodiquement : c'était un horloger bien connu que le Musée de Neuchâtel chargeait de l'entretien et de la conservation de ses pendules. Et il lui en dit le nom.

— Nous y sommes ! dit Claudine au bout du fil, il a une fille ravissante...

Et pensant que, mis devant des faits aussi probants, j'entrerais dans ce qu'elle appelait la voie des aveux, elle me mit au courant de sa découverte.

— Je connais ce charmant homme, me bornai-je à répondre tout surpris ; mais je vous affirme que j'ignorais complètement l'existence de sa fille, jolie ou non.

— A d'autres ! s'exclama Claudine avec une vulgarité qui me fit mal.

— Cela est si vrai, repris-je vexé, que nous allons lui téléphoner tout à l'heure et lui demander s'il peut me donner ou plutôt nous donner la clef de l'énigme.

Soudain, la vérité se fit jour en mon esprit et j'éclatai de rire.

— Vous riez jaune, s'exclama Claudine hors d'elle (à ce moment, je m'aperçus qu'elle n'était pas aussi jolie que je l'imaginais).

Il me fallut un peu de temps pour regagner mon sérieux.

— Non, fis-je enfin en me maîtrisant ; écoutez-moi bien, Claudine : ce ne sont ni l'éminent pendulier, ni sa jolie fille qui écrivirent ces messages étonnants ; ils se bornent tout au plus à me les transmettre !

— De la part de qui ? interrogea Claudine avec des yeux fâchés qui lui sortaient de la tête comme des yeux de langouste.

— Ils sont rédigés par le pendulier mais écrits par... l'Ecrivain.

— « L'Ecrivain » ? Quel écrivain ? Qu'est-ce que vous me chantez là ? s'exclama Claudine qui ne décolérait pas.

— « L'Ecrivain » de Jacquet Droz : cet automate à l'aspect d'un petit garçon, cet automate, ou plus exactement cet androïde qui fit tant parler de lui sous le règne de Marie-Antoinette et qui est désormais confiné dans les salles du musée de la ville, en compagnie de la Musicienne joueuse d'orgue et du Dessinateur.

Ces trois automates s'animent pour le plus grand plaisir des visiteurs le premier jour de chaque mois (ce qui explique pourquoi je recevais toujours à pareille époque les « poulets » que l'écrivain calligraphiait avec tant de soin et d'élégance).

Enfin, j'ai contribué à rendre quelque célébrité à cet automate oublié de nos voisins de France en facilitant son voyage à Paris où, au Conservatoire des Arts et Métiers, il se livra à mille prouesses devant une foule de visiteurs enthousiastes.

Pour me remercier de façon vraiment originale de cette intervention, le directeur du musée me fait parvenir chaque mois ces messages « autographes » témoignant de la reconnaissance un peu débordante de l'écrivain mécanique... et de la sienne !

Mais pourquoi répéter si souvent ces messages ? interrogea Claudine, demeurée méfiante.

— C'est bien simple : j'ai plusieurs adresses, je voyage beaucoup et les messages furent par précaution envoyés en plusieurs exemplaires, aux quatre coins des cieux. Il s'agissait d'une simple plaisanterie, mais votre méfiance a transformé la comédie en drame et lui a donné une importance qu'elle n'aurait jamais dû avoir.

— J'aime mieux ça, dit Claudine calmée. (Hélas, de nouveau elle me parut charmante.)

. . . .

Quinze jours plus tard, me trouvant au Musée de Neuchâtel, où j'étais ce jour-là le seul visiteur, je tombai en contemplation devant l'Ecrivain rapatrié.

Je le trouvai charmant et l'absence de tout garde me permit de faire un geste assez puéril mais qui m'amusa : je donnai un baiser (un « bec » comme on dit chez nous) au petit artiste potelé.

A ce moment, un soupir attira mon attention : pourtant j'étais seul dans la pièce vide et sonore.

Mais voici que je découvris avec stupeur que la voisine de l'Ecrivain, la Musicienne, respirait profondément et c'est d'elle que provenaient ces soupirs à fendre l'âme (la mienne tout au moins).

— Elle est amoureuse de l'Ecrivain, pensai-je, et jalouse... comme Claudine !

Un petit frisson, celui que provoque l'inexplicable, passa dans mon dos. Ce fut avec un véritable soulagement que je vis le conservateur du musée pénétrer dans la pièce.

— Dites-moi, cher Monsieur, demandai-je alors un peu timidement, suis-je la victime d'une illusion ou du trop bon vin de Neuchâtel, mais il me semble que votre Musicienne s'agite et soupire !...

— Vous avez raison, tout à l'heure nous avons fait une démonstration des talents de la Musicienne pour le Maharadjah de Coroda : le mécanisme qui fait mouvoir les doigts de la Musicienne et celui qui stimule sa respiration sont contrôlés par deux ressorts différents. Quand le premier a cessé de fonctionner, l'autre reste actif longtemps encore afin d'entretenir chez le spectateur l'illusion de la vie, illusion frappante, n'est-ce pas ?

— Trop frappante, fis-je, soulagé.

C'est égal, j'ai dans ma vie brûlé bien des lettres ; mais je ne détruirai pas les lettres d'amour qui me furent écrites par un petit garçon vieux de plus de cent soixante ans.

N'est-il pas le seul être au monde qui pourrait, cent ans après ma mort, m'en adresser encore de semblables, aussi soignées, aussi chaleureuses, aussi péremptoires ?

. . . .

Un mois plus tard, traversant la Bahnhofstrasse à Zurich, j'avisai le danseur qui, m'ayant reconnu, venait à ma rencontre.

Après les formalités d'usage, j'eus l'idée malencontreuse de revenir à ce qu'il m'avait confié. Je ne pus m'empêcher de lui dire qu'il me semblait qu'il vaut

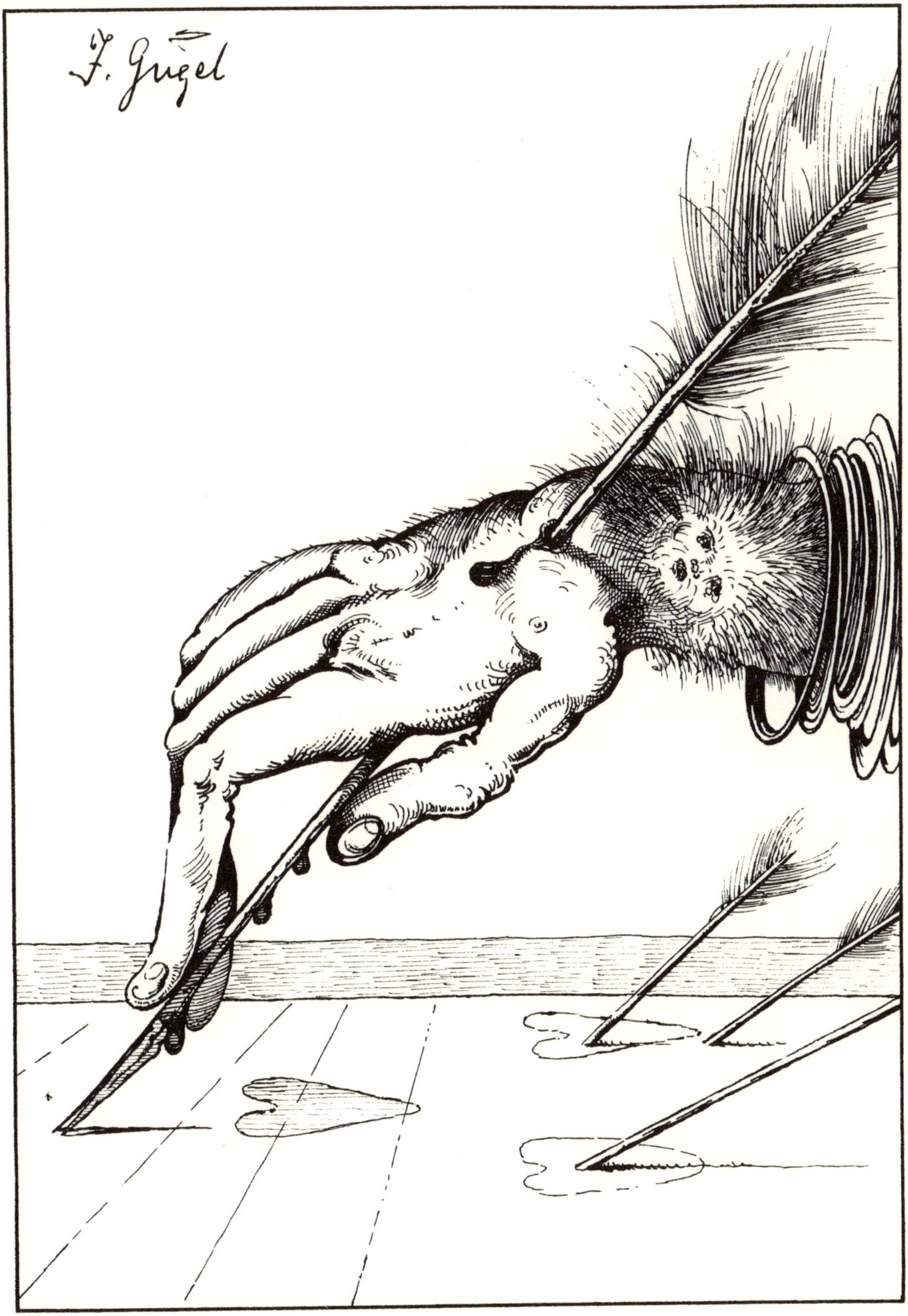
F. Gugel

mieux ne jamais recevoir de lettres d'amour que d'en recevoir, comme cela m'arrivait, qui sont écrites par un robot.

— Robot ? interrogea le danseur, pour lequel le mot était nouveau.

— Robot, automate, si vous préférez, répliquai-je.

Je vis alors son visage se décomposer.

— Pardonnez-moi, fit-il en consultant sa montre de poignet, mais je suis excédé de besogne. Spokoinonotche (bonne nuit), ajouta-t-il, et, sans me serrer la main, il traversa en hâte la spacieuse avenue, visiblement désireux d'en mettre toute la largeur entre lui et moi. Et, depuis cet entretien, il n'est plus jamais venu me voir.

Le fauteuil

Mme Redard arrachait les mauvaises herbes de son jardin.

— Septante, septante et un, septante-deux, comptait Mme Redard en déracinant les chiendents. De temps à autre elle se relevait, épongeait son front et recommençait presque aussitôt.

— Nonante, nonante et un, nonante-deux, murmurait-elle. A ce moment, un bruit lointain la mit en éveil et elle se redressa pour de bon en interrompant sa besogne.

On put alors observer son visage à loisir : petite, congestionnée, elle ressemblait singulièrement à ces citrouilles, à ces potirons dont les gamins, à la fête de la Saint-Jean font, en les évidant et en incisant leur écorce, des masques lunaires et grimaçants, de sinistres veilleuses qu'éclaire à l'intérieur une courte chandelle de paraffine.

Le chalet que la vieille dame occupait à Gryon offrait précisément sur son fumier tressé comme une corbeille une abondance de ces fruits gigantesques.

Le soleil avait patiné l'habitation et lui avait peu à peu donné l'air d'un chalet en pain d'épice.

Et comme elle était fleurie cette demeure, avec ses œillets de l'Engadine aux fenêtres, ses delphiniums géants au bord des allées, sans oublier de curieuses plantes un peu oubliées des fleuristes, la nigelle bleu-turquoise que les Anglais appellent si joliment « love in the mist », le réséda couleur de vert de gris et cette étrange fleur paysanne au feuillage d'ancolie dont la corolle a la forme d'un cœur blessé qui laisserait échapper une larme laiteuse semblable à une perle et, bien entendu, les roses trémières.

Mme Redard, à en juger par le gémissement qu'elle poussa en se redressant, ne devait pas être jeune. Mais son visage ne trahissait pas son âge, car il offrait encore avec les courges l'analogie d'être lisse, vierge de rides et si inexpressif qu'il semblait ne plus devoir changer jamais. Seuls deux petits yeux en vrille, étincelant dans cette masse charnue et haute en couleur, l'animaient un peu : ils faisaient penser aux yeux des éléphants également trop petits dans une tête trop grande et qui paraissent toujours se réjouir d'un bon mot que l'éléphant n'a jamais dit.

Mme Redard, à petits pas, s'avança vers les intrus qui avaient détruit la paix de sa matinée. C'était une véritable invasion. Tout d'abord elle distingua une charrette tirée par un petit cheval ; sur le siège se tenait le conducteur dans sa blouse roide de calicot bleu. A côté de lui, en pesant uniforme de laine, malgré la chaleur, resplendissait le facteur de Gryon.

— Madame Redard, j'ai une belle lettre recommandée pour vous, et aussi ce colis, continua-t-il en désignant d'un geste du pouce un volumineux objet qui remplissait la charrette.

— Y a-t-il quelque chose à payer ? demanda la dame méfiante, en mettant ses mains derrière le dos en un geste instinctif de refus. Elle était en effet bien décidée à ne pas accepter quoi que ce soit qui pourrait lui occasionner des frais.

— Non, Madame Redard, il n'y a pas de remboursement et le port est également payé par l'expéditeur.

— Par quel expéditeur ? continua Mme Redard, qui n'était pas encore complètement tranquillisée. Etes-vous bien sûr que cet envoi me soit destiné ? Je ne voudrais pas me trouver dans l'ennuyeuse situation de devoir retourner de la marchandise que je n'ai pas commandée...

— Il n'y a pas d'erreur possible, Madame Redard. L'envoi est bien libellé Mme veuve Redard, chalet des Ruches à Gryon. Le facteur aimait beaucoup ce mot « libellé » qui trahissait sa culture supérieure.

— C'est bien, c'est bien, fit la dame vaincue, mais sur le ton qui eût convenu pour dire : c'est mal, c'est très mal. Puis, avisant les deux hommes qui s'éloignaient, elle les rappela, bien décidée à retirer un petit bénéfice de leur présence inattendue.

— L'un de vous aurait-il un canif, demanda-t-elle d'un ton plus avenant et un peu geignant digne d'inspirer la pitié même à un cœur de pierre ! je ne me sens pas de force à tailler cette corde, ni cette bâche, continua-t-elle.

Le cœur du facteur n'était pas aussi dur, et il se mit, en chirurgien stylé, à couper les bandelettes de la momie qu'il venait de déposer dans le jardin. Peut-être après tout n'agissait-il pas ainsi par bonté. La curiosité était certainement pour quelque chose dans son empressement à taillader le mystérieux paquet.

Peu à peu l'objet caché par des épaisseurs de toile de sac, parut au jour. Jambe après jambe, un quadrupère fit son apparition et ce quadrupède était un fauteuil, un immense fauteuil.

— Quand je vous le disais qu'il s'agissait d'une erreur, gémit Mme Redard. Je vous assure que je n'ai jamais rien commandé de semblable. Il doit exister deux veuves Redard, conclut-elle, toujours sur le même ton dolent.

— Et deux chalet « Les Ruches » à Gryon ? s'exclama le facteur qui ne semblait nullement désireux de remporter le siège pesant. Non, non, Madame Redard, ce fauteuil vous est bien destiné. C'est sans doute un cadeau.

— Un cadeau ! riposta Mme Redard. Et qui voulez-vous qui me fasse un cadeau ? Est-ce que j'en fais jamais, moi ?

— Non, Madame Redard, reprirent en chœur le conducteur et le facteur, peut-être pour marquer leur déplaisir de ne pas avoir reçu un pourboire qui eût été bienvenu un jour aussi chaud. Non, Madame Redard, vous ne faites jamais de cadeaux.

— Si vous regardiez la lettre recommandée, suggéra le facteur, lecteur assidu de romans policiers et qui avait fini par se croire un maître dans l'art de détective.

Voyant que la vieille dame ne semblait pas particulièrement désireuse de lire ses lettres en leur présence, les deux hommes la saluèrent et disparurent, désappointés. Bientôt on entendit les grelots du cheval tintinnabuler dans le lointain.

Ayant retiré de sa coiffure une épingle à cheveux semblable à un morceau de fil de fer recourbé, Mme Redard, demeurée seule et ayant jeté autour d'elle un coup d'œil investigateur, se servit de cet instrument guerrier pour décacheter l'enveloppe. Avant d'en lire le contenu, elle examina attentivement l'intérieur de l'enveloppe afin d'être bien certaine qu'aucun trésor ne s'y était caché. Comme elle n'en trouva point, la dame soupira et, ajustant ses lunettes sur la petite fraise qui lui tenait lieu de nez, entreprit la lecture de la lettre.

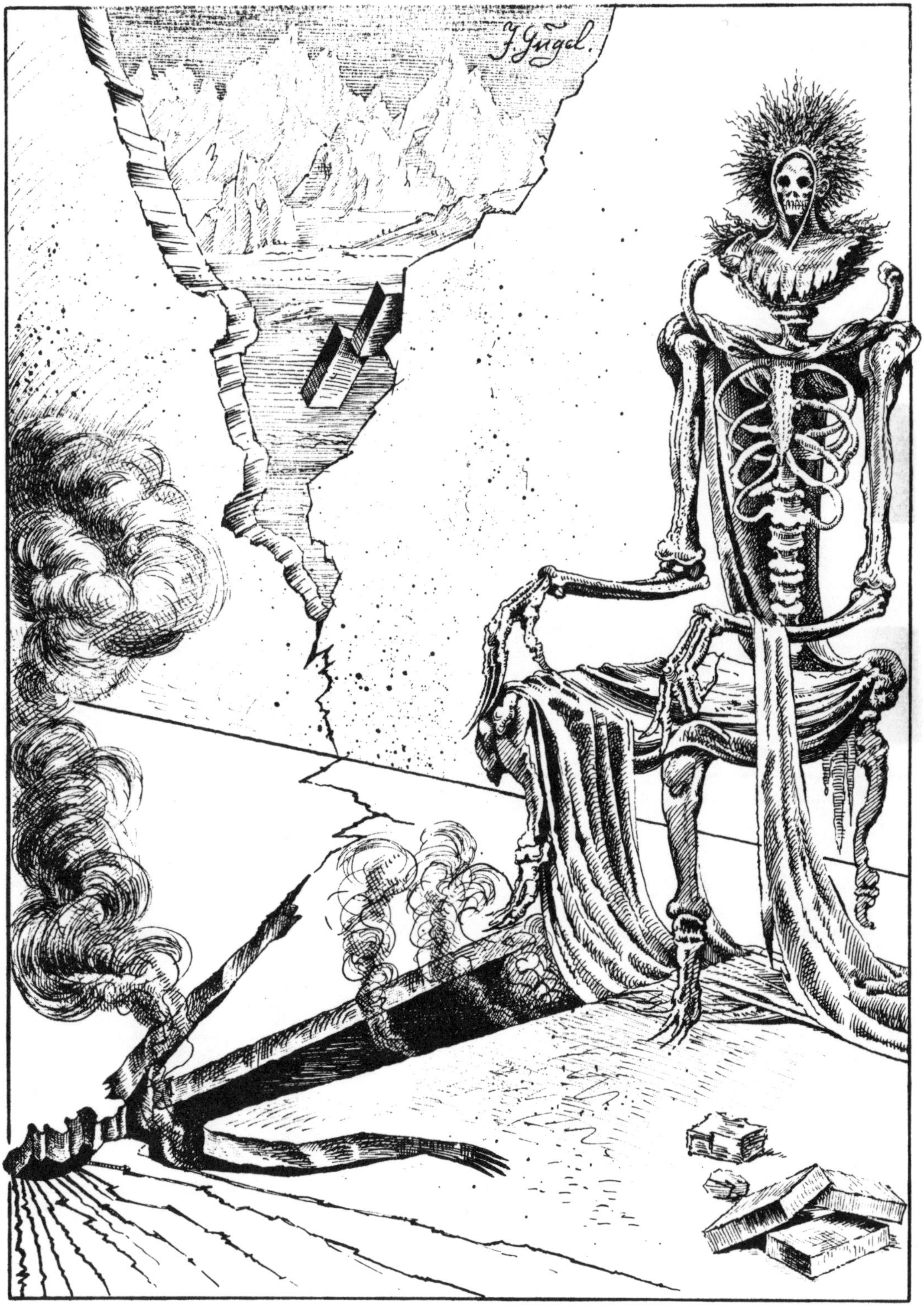

Jamais Mme Redard n'avait reçu une lettre aussi bien écrite, sur un aussi beau papier.

« Madame, disait le texte dactylographié, la Municipalité de la Ville de Lausanne a l'avantage de vous offrir, à l'occasion de votre centième anniversaire, ce fauteuil commémoratif. Elle espère qu'il vous semblera confortable et que vous pourrez en jouir pendant de longues années encore, entourée de l'amitié et du respect de vos concitoyens. »

— C'est bien gentil de leur part de m'offrir un fauteuil, s'exclama Mme Redard. Mais pourquoi ? juste ciel, pourquoi ? Et elle relut la lettre.

Cette fois l'adjectif « centième » la frappa de stupeur.

— Centenaire, moi ? Il doit y avoir une erreur. Voyons un peu... Et Mme Redard se mit à faire soigneusement le compte des années enfouies, comme elle avait fait celui des mauvaises herbes arrachées.

— Lausanne : septante et septante et un ; Montreux : de septante-deux à huitante-neuf. Il n'y a que onze ans que je suis à Gryon. Huitante-neuf et onze... Cent. Cent : aucun doute n'est permis.

Désormais, convaincue qu'elle avait droit au quadrupède doublé de souple maroquin vert et décoré d'edelweiss sculptés en plein bois, Mme Redard le poussa, centimètre par centimètre jusqu'à l'entrée de son chalet.

Là, au prix d'un gros effort, elle réussit à le hisser, patte après patte, au-dessus des trois marches de bois qui séparaient la galerie de l'étroit jardin.

Elle ressemblait singulièrement à un énorme scarabée sacré poussant gauchement devant lui une énorme boule de fumier de vache.

Essoufflée, pour célébrer cette victoire de l'esprit sur la matière, elle se répandit dans son fauteuil dont elle appécia les formes et le confort si elle en réprouvait le poids. Et bientôt, regaillardie, elle reprit sa marche, gagnant de nouvelles batailles, centimètre par centimètre, jusqu'à la porte-fenêtre de son « salon » où ce meuble allait désormais trôner.

Trôner était bien le mot ; car, même séparé par une vitre des autres meubles de Mme Redard (des meubles dits « d'Yverdon ») le fauteuil semblait une idole. S'il avait pu parler, il aurait dit sans doute : je suis le Siège réservé à Madame Redard, centenaire ; que nul autre ne s'avise jamais d'y poser son postérieur.

Une étrange agitation gagnait progressivement la bénéficiaire du trône.

— Centenaire, je suis centenaire ! Et penser que j'ai failli l'ignorer, bougonnait-elle.

Cette pensée l'obséda et il s'y joignit malheureusement une autre pensée, beaucoup moins plaisante, qui, jusqu'à cette heure, ne l'avait jamais effleurée : combien d'années vivrait-elle encore...

— Ah, soupirait-elle, les jeunes personnes de quatre-vingt et de quatre-vingt-dix ans ont bien de la chance. Rien ne les oblige à penser à la mort. Elles se disent toutes qu'elles peuvent devenir centenaires. Mais une centenaire, que peut-elle devenir encore, je vous le demande ? La mort est là, tout près, qui les guette. Mieux vaudrait-il encore trouver un bandit sous son lit ; ils ne sont pas toujours méchants, les bandits ; mais la mort, comment l'attendrir ? Et comment la prévenir ? Ma mère est morte très jeune, à quatre-vingts ans, d'une pneumonie. Ah, c'était bien de sa faute... N'a-t-elle pas voulu s'assurer, alors qu'il neigeait, que le poulailler était bien fermé et les poules à l'abri des renards.

Aujourd'hui, au prix où sont les poulets, je comprendrais mieux une pareille imprudence ; mais alors ils coûtaient deux francs... Mon père est décédé à la suite d'une mauvaise chute dans un escalier. Voilà qui me fait penser qu'il serait grand temps de vérifier dans quel état se trouvent les dernières marches du mien, d'autant plus qu'elles ne sont guère visibles dans la pénombre où elles se trouvent. Il serait également bon d'examiner les talons de mes chaussures et de mes bottines à boutons. Leur usure pourrait aussi être la cause d'accidents fatals. Fatals ou fataux ? interrogea à voix haute Mme Redard qui monologuait volontiers.

Voyons, voyons, quelles seraient les autres causes possibles de décès prématuré (ce mot prématuré ne sembla nullement comique à l'auteur du monologue et ne la fit même pas sourire). Ah oui, ce bœuf bouilli aux cornichons n'a pas passé l'autre jour. N'ai-je pas dû me mettre une serviette chaude sur le ventre après le repas ? La faute en était-elle au bœuf ou au cornichon ? grave dilemne. Mieux vaudra à l'avenir s'abstenir et de l'un et de l'autre. N'ai-je pas la langue et le poisson et le poulet qui ne m'incommodent jamais ? Quant aux pommes de terre, à condition d'éviter les pommes frites qui ne réussissent guère, elles me paraissent sans danger. Mais au fond, rien ne vaut une minestra.

Et Mme Redard, s'approchant de son fourneau, se mit à préparer une minestra dans la composition de laquelle elle n'oublia ni les pâtes ni les fèves.

Puis elle monta se coucher.

A ce moment elle perçut, car son ouïe était demeurée bonne, un bruit continu.

— La pluie, s'exclama la vieille dame... et mon fauteuil qui est resté sur le balcon !

Force lui fut de redescendre et de pousser le pesant meuble jusque dans la pièce rarement utilisée faute de visiteurs, et que Mme Redard appelait son salon.

Essoufflée, elle regagna son lit, mais elle était trop agitée pour s'endormir et, quand le sommeil la gagna enfin, elle eut un affreux cauchemar :

Au cours d'un repas composé exclusivement de bœuf bouilli et de cornichons, elle entendait la pluie déferler sur son toit, une pluie tropicale, et elle savait que le fauteuil tout neuf était abandonné dans le jardin.

Dans son rêve, elle se vit descendre l'escalier trop raide et crut y faire une chute terrible. Elle se sentit incapable de se relever et comprit que ses deux jambes étaient brisées ; elle avait en outre toutes les côtes cassées et, quant à ses dents, elle les voyait briller très loin d'elle, précisément sous le fauteuil demeuré sous l'averse hors de sa portée.

Mme Redard se réveilla en sursaut: elle était couverte de sueur, elle étouffait.

A ce moment, par bonheur, la faible lueur d'une lanterne dont le reflet oscillait sur son plafond bas lui indiqua que quelqu'un passait sur la route.

Elle ouvrit sa fenêtre et héla l'inconnu :

— Monsieur, monsieur, cria-t-elle, envoyez-moi tout de suite un médecin, n'importe lequel.

— C'est entendu, Madame Redard, répondit une voix qu'elle ne reconnut pas. Et de fait, une heure plus tard, le docteur frappait à la porte du chalet des Ruches.

N'obtenant pas de réponse, il entra, et assez inquiet, pénéra dans la chambre à coucher.

Mais la chambre était vide, le lit défait.

De plus en plus inquiet, le médecin visita successivement toutes les pièces du premier étage et ne l'y trouva pas davantage.

En redescendant au rez-de-chaussée, il crut entendre des soupirs dans la direction du salon où il entra en trombe sans frapper.

Etendue sur le sol, Mme Redard râlait.

Il la souleva et voulut la conduire vers le fauteuil dont la masse formidable se découpait en silhouette imposante contre le fond plus clair de la fenêtre.

— Non, non, s'écria Mme Redard qui semblait terrifiée par la vue du meuble.

Le médecin la conduisit alors doucements vers un canapé d'osier tressé du type dit corbeille où elle se laissa choir, résignée à tout.

— Alors, Madame Redard, qu'est-ce qui ne va pas ?

La main de la vieille dame se leva, indiqua le fauteuil et retomba inanimée tandis que ses lèvres balbutiaient « le fauteuil, le fauteuil ! » dans un soupir qui fut le dernier.

Lorsque, quelques heures plus tard, les autorités locales vinrent sur place pour constater le décès, le docteur ne put que répéter les dernières paroles de la défunte.

— On eût dit qu'elle parlait de la chaise électrique, conclut-il.

Les Bourguignons ressuscitent

Avant-propos

Entre Grandson et la frontière neuchâteloise, à un tournant de route, le promeneur voit se dresser devant lui deux bouquets de saules, plus hauts et plus touffus que cet arbre ne l'est en général dans notre contrée. Si le passant est jardinier, ou géologue, il risquera quelques réflexions sur la nature marécageuse du sol. S'il est architecte, il s'arrêtera probablement devant un gros cube terreux, sis entre les deux bouquets de saules, comme un mausolée dans un cimetière. Et il se dira que le bâtisseur, mort il y a cinq ou six cents ans, qui perça ce bloc de fenêtres étroites, se souciait peu du paysage et pensait aux dangers de la guerre.

De tous les pays connus, le nôtre est le plus démocratique. D'ailleurs, il s'en vante avec orgueil. Et c'est pourquoi je ne puis m'empêcher d'être étonné par l'insistance du paysan romand à nommer « château » la maison insignifiante d'un village. Les étrangers qui s'en iraient sur la foi de ce mot visiter le château de Renens, de Roche ou de May, en reviendraient sans doute déçus. Ils auraient vu de vieilles et assez belles demeures bourgeoises, qui n'évoquent en rien les visions chères au snobisme romantique. Souvent même y chercheraient-ils en vain les vestiges d'une tourelle, et d'une oubliette.

En revanche, l'étranger ne sera pas surpris si un paysan, désignant du regard cette masse flanquée de quatre poivrières, l'appelle : « Le château de Midy ». Il ajoutera en baissant la voix : « Il est hanté ».

Le château de Midy est hanté ! La tradition locale existe, solidement appuyée sur les témoignages, écrits ou verbaux, de châtelains trop fiers pour fuir leur propre domaine. Elle est corroborée par les récits des propriétaires qui ont succédé aux derniers barons. Parmi ces propriétaires, il y en avait, je vous assure, de fort braves.

Quand on leur demandait ce qu'ils avaient vu, la réponse était invariable. Aucun d'eux, jamais, n'avait rien vu. Mais, sans attendre une seconde question, tous parlaient de ce qu'ils avaient entendu. Et là encore, la réponse ne variait pas. Ils avaient tous entendu la même chose.

C'était le bruit d'un escadron déchaîné. Il passait au grand galop dans la cour et sous la voûte, et le tapage était infernal. Cela durait plus ou moins longtemps. Quelquefois, le bruit cessait après dix minutes, comme il était venu, et quelquefois il continuait pendant des heures. Et dans ce tumulte, pas une voix, pas un ordre, ni l'appel d'un chef, ni un cri humain, rien que des chevaux martelant de leurs fers les pavés, des chevaux affolés et invisibles, jetés en avant sous l'éperon de cavaliers invisibles et muets. Des caves au grenier, le château résonnait. A ce bruit se joignait une autre cause d'émoi. Un frémissement parcourait l'énorme bâtisse. Tout juste perceptible, il n'avait jamais ébranlé une tuile. Mais enfin, il était inexplicable, et cela suffisait.

Au château, il y avait grand remue-ménage. Les femmes s'enfuyaient, quelles que fussent l'heure et la saison, et couraient se réfugier au jardin, ou dans une dépendance éloignée. Les hommes exploraient la maison. Ils suivaient, impatients, énervés, la montée de ces pulsations parties du sol, qui se propageaient d'étage en étage et finissaient par envahir le château tout entier. Par moments, une vitre tintait et le son grêle semblait la voix d'une cloche d'alarme lointaine et fêlée, qui prédisait... personne ne savait quoi. Rien de bon, à coup sûr. Le lendemain, les propriétaires faisaient leurs malles. Quant aux dates, elles étaient imprévisibles. Un siècle, voire deux, pouvaient s'écouler sans que rien vînt troubler le château de Midy. Ou il arrivait que le phénomène se répétât jusqu'à deux ou trois fois la même année.

Cependant, une chose demeurait certaine : le premier vacarme coïncidait avec la fin des guerres de Bourgogne. De là naquit une croyance qui s'accrédita fortement dans le pays : les gentilshommes bourguignons tués à la bataille de Grandson se réveillaient, montaient à cheval et suivaient leur chef dans sa fuite éperdue. On les entendait. Et comment !

La tradition locale ajoutait aux faits historiques quelques détails et un épisode. L'authenticité des détails semble établie; l'épisode est relaté dans les archives du château. D'après cette chronique, le duc, galopant en tête, avait cherché d'abord à gagner ce que l'on nomme, en pays neuchâtelois, le trou de Bourgogne, l'entrée d'un val qui débouche sur le pays bourguignon. En cours de route, la troupe avait rencontré un obstacle, éboulis ou paroi rocheuse, et serait revenue sur ses pas ; mais cette fois le duc ne précédait plus ses compagnons. Il les suivait, sur une monture qui s'était déferrée en chemin. Lorsque les cavaliers de Charles voulurent passer, pour la seconde fois, devant Midy, une escarmouche assez vive les mit aux prises avec la garnison du château et ne tourna pas à l'avantage des Bourguignons. Quelques mois plus tard, le premier tintamarre éclatait. Comme les habitants disséminés dans la même zone ne se plaignaient de rien, une conclusion s'empara immédiatement des cerveaux moyenâgeux et se perpétua chez les générations qui suivirent. Battus de nouveau, pour la seconde fois chassés, les morts de la veille revenaient au lieu de leur dernière défaite. Un jour, ils se vengeraient : personne ne savait comment.

L'avant-dernier propriétaire n'avait pas les nerfs solides. Quelques jours après une première alerte, il vendit à vil prix le château et son mobilier et il expliqua loyalement au nouvel acquéreur pourquoi il lui faisait cadeau, ou tout comme, d'un manoir historique et de meubles anciens fort bien conservés. Il ne voulait pas, disait-il, en garder un seul, parce qu'ils lui rappelleraient « de trop mauvais moments ».

II

L'acquéreur, un de mes amis, se nommait Georges Maxwell, et il était Américain. Il était aussi très sceptique à l'égard de beaucoup de choses, et des revenants en particulier. Miss Maxwell, jeune fille moderne, penchait vers les opinions de son père. Mais Mrs. Maxwell, une Irlandaise pur-sang, n'était point du tout sceptique. Ne pas croire aux revenants, c'était, à ses yeux, mettre en doute l'immortalité de l'âme. Elle avait vu un revenant, une fois, le soir de Noël, dans le vieux presbytère familial du comté de Cork. Il l'avait même frôlée en passant. Elle ne pouvait sans un frisson de terreur évoquer ce souvenir, et elle décrivait ses impressions, qui se confondaient toutes, affirmait Georges, avec les symptômes d'une indigestion et les effets d'un courant d'air.

Si les opinions de Mrs. et de Miss Maxwell pouvaient différer sur ce point, les goûts de la mère et de la fille étaient identiques. Toutes deux préféraient le séjour des grandes villes à celui de la campagne, et Maxwell eut quelque peine à gagner sa cause. En fin de compte, l'idée d'habiter un vieux et authentique manoir ébranla Bessie et Ruby et la prespective d'entrer en rapports avec les châtelains environnants fit le reste. Après tout, lorsqu'on a deux chauffeurs et trois voitures, la ville n'est pas bien loin. Ce qui se passait dans les murs n'avait jamais fait de mal à personne, non plus que le bruit dont on parlait tant. Ce sont là des choses qui arrivent dans toutes les vieilles demeures aristocratiques. Et puis, un siècle, deux siècles même, pouvaient s'écouler sans que l'on entendît rien. Dûment endoctrinées et cajolées, mère et fille cédèrent sans trop de peine. La famille Maxwell emménagea, et deux années passèrent, paisibles. Pendant ces deux années, Madame et Mademoiselle Maxwell trouvèrent dans les châteaux voisins quelques compensations à l'ennui d'habiter un trou de campagne, et furent, le plus possible, sur les grandes routes.

Pendant ce temps, j'eus des nouvelles de Georges, par raccroc. Sans connaître deux mots d'histoire, cet Américain avait l'amour des choses anciennes, et il s'était adapté à son château comme l'ours à sa dernière caverne.

Il en aimait les longues pièces et les murs si bien faits pour les trophées de guerre et de chasse. Il aimait ses cheminées énormes où l'ouragan des soirs d'hiver déchaînait des sifflements d'obus, et des grondements de mitraille. Voyageur errant dès sa jeunesse, plus tard soldat, et maintenant, retiré des affaires et des guerres, et possesseur d'une très grosse fortune, il s'était attaché à ce coin de pays où il tirait le canard sauvage et pêchait la bondelle en fumant sa pipe. Son nouveau domaine lui plaisait si fort qu'il n'en voulait plus sortir. Quant à écrire, il n'écrivait jamais, à moins d'y être forcé. Aussi avais-je commencé à reléguer tout doucement Maxwell dans ces « paradis un peu ternes » où nous logeons nos amitiés défuntes, lorsqu'un matin de juin, extrêmement chaud, il entra chez moi sans se faire annoncer et m'interpella en ces termes :

— Avez-vous jamais pincé des sales voyous qui faisaient les revenants ?

Mon visiteur n'avait pas attendu d'y être invité pour s'asseoir et allumer sa pipe. Il n'attendit pas non plus ma réponse pour attaquer son sujet.

— Je viens vous demander votre avis, ou, même, un conseil. Quand j'ai acheté cette maison à Viernois, il m'a prévenu qu'elle était hantée, et il m'a décrit un tas de phénomènes, qui devaient tous prouver que c'était vrai.

Je l'interrompis.

— Il s'est donc passé quelque chose ?

— Oui.

La réponse était laconique. Je voulus le pousser.

— Vous n'étiez pas un peu... influencé par les récits de Viernois ?

Le sang lui sauta au visage et je le vis prêt à se mettre en colère.

— Mon cher, pour qui me prenez-vous ? Pour un petit garçon ? Pour une femme hystérique ? Alors, vous vous imaginez que je crois aux revenants ? Commencez pas me faire croire qu'on est vivant quand on est mort, si vous pouvez. Après ça, nous verrons. Viernois est un âne superstitieux et un froussard pardessus le marché. Mais il faut convenir qu'il n'a rien inventé. Il se passe dans ce patelin des choses que je n'aime pas.

Il ajouta, en élevant la voix :

— Parce que moi, j'y vois clair. Un whisky ? Oui, j'accepte. J'ai diablement soif, ce matin.

Quelques minutes après, Maxwell, installé devant un siphon, me fit le récit suivant :

La veille au soir, vers dix heures, en l'absence de sa femme et de sa fille, il prenait une tasse de café dans le fumoir, lorsque le chien se mit tout d'un coup à hurler. Au bout d'un moment, cinq minutes environ, le galop d'un cheval lancé à fond de train traversa la cour. Le maître de logis crut à une irruption indiscrète, et se mit à la fenêtre afin d'interpeller rudement le cavalier malappris. La cour était vide. Mais le galop continuait, s'affaiblissant par degrés, et Maxwell en conclut que l'homme et sa monture avaient passé la route et s'étaient mis hors de vue, avec une rapidité qui ne s'expliquait pas. Cinq minutes plus tard, le bruit reprenait, multiplié, lointain d'abord, puis se rapprochant rapidement. Alors Maxwell était allé, d'une fenêtre à l'autre, inspecter les quatre points cardinaux. Le paysage s'offrait, éclairé par la pleine lune. Les champs, la lisière des bois, la route cantonale étaient déserts. Et le tapage continuait, grossissait, devenait assourdissant. Tout à coup, il déferla dans la cour, en tempête. On aurait dit un raz de marée combiné avec un éboulement, ajouta Maxwell. Et alors, les murs et les planchers se sont mis de la partie. Oh ! ça n'était presque rien ; mais enfin, on sentait bien quelque chose. Le chien enchaîné à sa niche hurlait à la mort. Ce sabbat a duré dix minutes. Pendant ce temps, les domestiques couraient partout, et criaient comme des imbéciles qu'ils sont. Et puis, subitement, la galopade a cessé, et le chien s'est tu.

— Et vous n'avez rien fait pour découvrir un indice, quelque chose, qui pût vous renseigner...

— Rien fait ? Vous ne croyez pas que je me suis terré sous un lit, je suppose. J'ai commencé par dire aux femmes de se taire ou de quitter la maison. Elles avaient continué à piailler. Après ça, j'ai téléphoné à Grandson, au poste de police, pour savoir si on n'avait pas senti un choc, quelque chose comme une secousse, un morceau de montagne qui s'écroulerait. Personne n'avait rien senti de pareil. C'est un des hommes qui m'a répondu. Un bavard, et curieux avec ça. Il crevait d'envie d'en savoir plus long.

— Et vous n'avez pas essayé d'explorer ?

— Attendez ! Au bout d'une heure, le sabbat a recommencé de plus belle. J'ai appelé mon chauffeur et nous avons tout visité, de la cave aux galetas, en commençant par les sous-sols. Croiriez-vous que ce garçon, qui a fait quatre ans de guerre et qui est décoré, claquait des dents ? Ma parole ! Je ne sais pas ce qui m'a retenu de lui envoyer mon pied quelque part.

Ici, j'adoucis les termes. Georges avait, lui aussi, passé quatre ans sous les drapeaux, et lorsqu'il n'était pas en présence d'une femme, la vigueur de son langage aurait forcé le respect d'un légionnaire.

— Et vous n'avez rien vu, rien remarqué d'autre ?

— A l'intérieur de la maison ? Rien du tout.

— Comment, à l'intérieur ? Vous avez donc remarqué quelque chose à l'extérieur ?

Maxwell examina le tuyau de sa pipe. Quand il reprit la parole, ce fut sur un ton différent.

— J'allais vous parler de ça. Et c'est même quelque chose d'assez curieux, et dont Viernois ne m'avait rien dit. Je suppose que la peur lui brouillait la cervelle.

Et là-dessus, Maxwell précisa.

— A la première alerte, le cheval galopait en tête et l'escadron le suivait. Tous deux paraissaient venir de Grandson et se diriger vers Neuchâtel. Mais la seconde fois, les deux bruits s'étaient reproduits en sens inverse. En outre, ils étaient intervertis. L'escadron passa le premier et le cheval suivit, un quart d'heure plus tard. Seulement, cette fois, il avait changé d'allure et il traînait le pied, comme une bête blessée ou déferrée.

Dans l'intervalle, Maxwell était retourné au fumoir. Il avait enjambé la fenêtre et sauté dans la cour qu'il trouva parfaitement vide. Il avait inspecté la route et les alentours du château. Tout était désert. En pendant ce temps, le trot continuait, le trot inégal et lourd d'un cheval boiteux.

— Ce qu'il y a de plus bizarre, c'est qu'on aurait juré qu'il s'éloignait, remarqua Maxwell ; et, au bout d'un moment, je n'ai plus rien entendu. Quant au chien, il a continué sa musique pendant plusieurs minutes.

Il y eut un silence que je rompis.

— Et vous êtes bien sûr qu'il s'agissait de chevaux ?

Maxwell hésita, l'espace d'une seconde.

— Ma foi, dit-il, si ce n'est pas ça, je ne sais pas ce que c'est.

Il ajouta, presque aussitôt :

— Il faut convenir que c'est rudement bien imité.

— Imité ! Qu'est-ce que vous voulez dire ?

Maxwell ne répondit pas immédiatement. Il heurta le fourneau de sa pipe contre le marbre de la cheminée, fit tomber les cendres, remit la pipe dans la poche de son veston et enfin articula ces mots :

— Une bande de sacripants !

— Voyons ! Mon cher ami ! m'écriai-je. Ici ! Le coin le plus tranquille du canton ! Un pays où la police surveille tout ! C'est inadmissible. D'abord, quel intérêt y trouveraient-ils, je vous le demande ? Ensuite, les bruits dont vous parlez se sont fait entendre depuis...

— Oui, oui, je sais, interrompit-il avec impatience. Je connais toutes ces vieilles histoires. Des soldats qui ressuscitent pour courir après Charles X ou XII, au temps des Huguenots, ou de je ne sais quoi. Et qu'est-ce que ça prouve ? Que dès ce temps-là, des gens avaient intérêt à faire décamper ceux qui habitaient le château, et ça n'est pas étonnant, après tout ce qu'on raconte sur la façon dont les nobles traitaient les paysans. D'ailleurs, ceux-là n'ont pas voulu filer comme des capons, et ils sont restés chez eux. Ils ont rudement bien fait. Maintenant, si vous croyez que les âmes de ces gentlemen ressuscitent avec celles de leurs chevaux, l'une portant l'autre, et qu'elles font tout ce chahut ensemble une première fois, et qu'après ça, elles le répètent, en prenant soin de mettre en queue celui qui était en tête, parce que son cheval traînait la patte, si vous croyez ça, dites-le et je m'en vais. Vous n'en croyez rien ? Ma parole, je l'espère bien. Alors ?

Il attendait ma réponse. Comme elle ne venait pas, il reprit, plus calme :

— Il n'y avait pas d'orage. Et il y en aurait eu un que ça ne changerait rien à la question. Vous pouvez croire que je n'en suis pas à mon premier orage ; et à mon premier tremblement de terre non plus. J'ai habité la Californie, et le Japon. Et pendant la guerre ? Je ne me suis pas trouvé dans des bâtisses qui croulaient, peut-être ? Avec ce genre de phénomènes, on n'entend pas un bruit comme ça. Et on ne l'entend pas deux fois de suite, et avec une modification comme celle que vous savez. Alors ? Quel intérêt les gredins qui jouent ces tours-là peuvent y trouver ? Mon cher, vous pouvez croire que je me suis informé avant d'acheter Midy. Et que je suis allé au cadastre. Savez-vous que depuis la mort du dernier baron, le château et le terrain perdent dix pour cent de leur valeur chaque fois que le propriétaire fiche le camp ? Alors vous ne voyez pas clair dans toute cette histoire ? Il y a encore des gens qui ont intérêt à ce que le propriétaire lâche la maison, et ils exploitent la stupidité des froussards et des superstitieux. Et pour moi ces gens visent la bonne affaire. Ils veulent me chasser, comme ils ont chassé Viernois, et avoir Midy pour un morceau de pain. Ils apprendront à me connaître un peu, je vous en réponds. Parce que moi, je ne m'en irai pas !

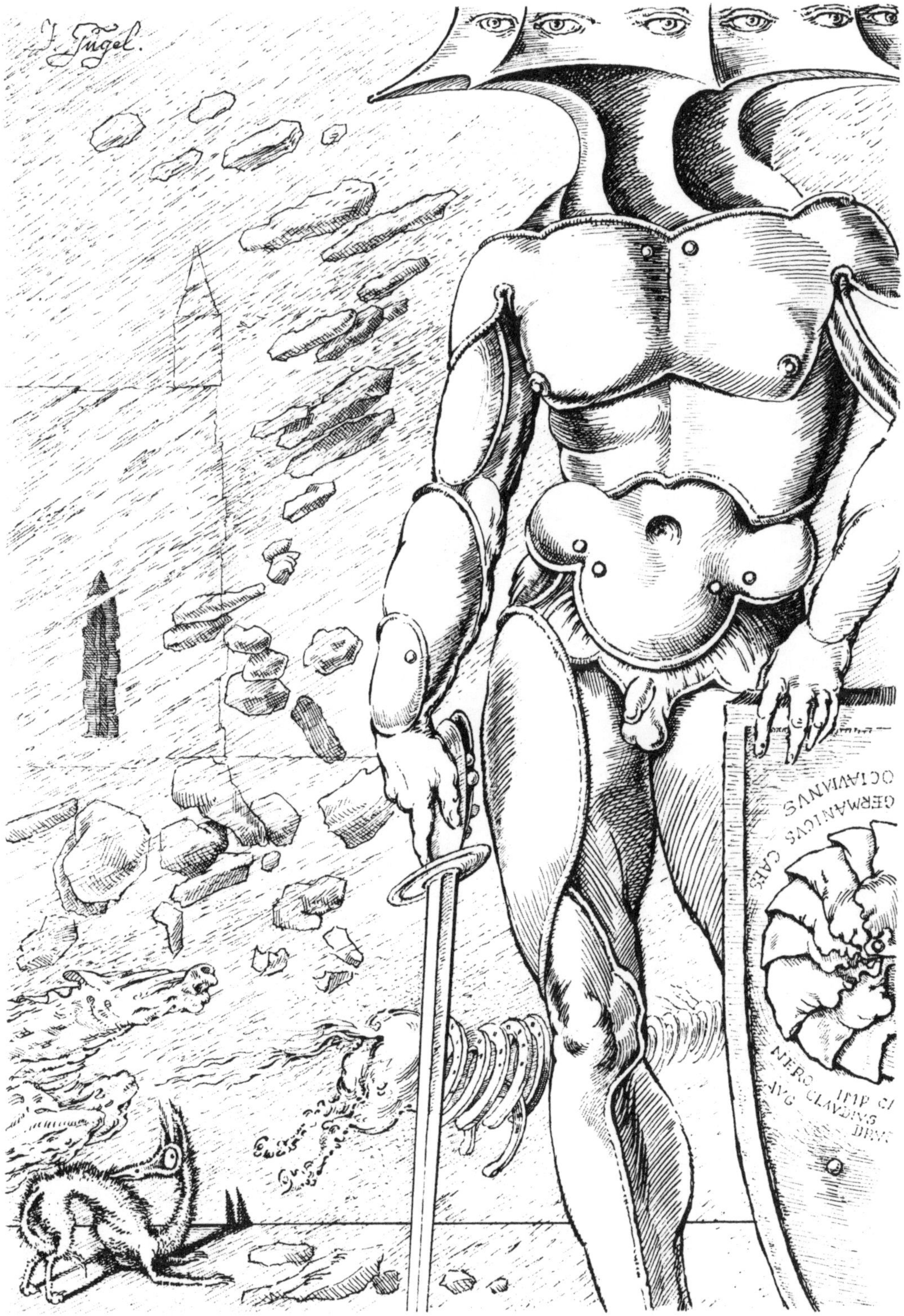
J. Jügel.
OCTAVIANVS
GERMANICVS CAES
NERO IMP
AVG CLAVDIVS

Maxwell accompagna les derniers mots d'un formidable coup de poing asséné sur la console voisine. Une araignée sortit du recoin où elle se dissimulait et s'établit dans un autre recoin.

— Ma foi, répondis-je, si j'adopte vos conclusions, cela ne m'explique pas comment ces canailles arriveraient à de pareils effets. Il faudrait des haut-parleurs, des disques sur lesquels on aurait enregistré le galop d'un escadron, le trot d'un cheval. Il faudrait des fils conducteurs, des commutateurs soigneusement dissimulés. Vos bandits, mon cher, seraient des électriciens et des physiciens de génie. Ils connaîtraient parfaitement les lois de l'acoustique. Et leur laboratoire devrait se trouver très loin de votre maison, par simple mesure de prudence. Et comment auraient-ils pu établir de telles installations ? Tendre des câbles forcément souterrains, sans qu'on s'en soit aperçu ?

— Ça se pourrait en Amérique, dit brusquement Maxwell.

— Oui, mais pas en Suisse, soyez-en bien sûr. Et puis, je vous ferai observer qu'il y a cinq cents ans, on ne connaissait pas l'électricité.

— On avait d'autres moyens, déclara Maxwell.

— Ce n'est pas absolument impossible. Enfin, pour juger de votre cas, je vous engage à faire venir des techniciens qui vous donneront leur avis. Je ne suis ni électricien, ni ingénieur, et je ne suis pas non plus versé dans les pratiques de la sorcellerie médiévale. Il paraît bien qu'elle disposait de ressources assez efficaces. Mais on en a perdu le secret.

Mon ami ne répondait rien. Il me sembla qu'il gardait quelque chose dans son sac.

— Madame et Mademoiselle Maxwell ont-elles su ce qui s'était passé ?

La langue de Georges se délia. Il me fit ses dernières confidences.

Après la seconde alerte, il avait réuni les domestiques et donné la consigne du silence complet. La moindre indiscrétion au profit de Mrs. ou de Miss Maxwell serait suivie d'un renvoi immédiat. « Il ou elle bouclera son sac et filera sur l'heure ! » rugit-il. Mais il comptait sans la pénétration de Bessie et la vieille intimité qui unissait cette dame à sa femme de chambre irlandaise. A peine entrée, Mrs. Maxwell flaira quelque chose d'insolite et, en femme avisée, se garda bien d'interroger son mari. Enfermée dans le secret de son cabinet de toilette avec

Molly O' Hara, elle obtint de cette confidente tout ce qu'elle voulut, et même un peu davantage. Bref, entre onze heures et minuit, Maxwell s'entendit annoncer généreusement qu'on lui pardonnait pour cette fois (« on dirait que c'est moi qui faisais le cheval ! » grogna-t-il), mais qu'à la seconde alerte, Bessie quitterait la place, en emmenant Ruby, Molly O' Hara et Patrick O' Nell, et qu'aucun d'eux ne reviendrait jamais.

— Et vous avez renvoyé la femme de chambre ? demandai-je.

Maxwell me regarda du coin de l'œil.

— Mon cher, on voit bien que vous n'êtes pas marié, dit-il.

Je n'avais rien à répondre. Georges reprit, d'une voix qui s'était subitement mouillée :

— J'aime cette maison et ce coin de pays. Ce petit lac, la montagne, ces bois de sapins, tout ça, j'aurais voulu y rester jusqu'à ma mort. Mais si elles s'en vont toutes les deux, je ne peux pourtant pas les lâcher comme ça !

Il ajouta, sur un ton redevenu péremptoire :

— Mais la maison, je ne la lâcherai pas non plus ! J'en ferai un pied-à-terre. J'y reviendrai pour la chasse et pour la pêche. Et si elle croule, tant mieux ! Ils ne l'auront pas eue, et je me fiche pas mal d'être enterré sous les morceaux !

Avec cette soudaineté qui trahissait toujours, chez lui, un désir tenace, il ajouta :

— Enfin, si ce raffut recommençait, me rendriez-vous le service d'y venir voir ? Je serai bien aise de connaître votre opinion. Vous êtes ferré sur les sciences, vous savez. Une fois que vous aurez entendu ça vous-même, vous pourrez mieux me dire ce que vous en pensez.

— Je partirai au premier coup de téléphone, répliquai-je. Avec la voiture, je suis chez vous en moins d'une heure.

Je venais de lire entre les lignes. La vérité, c'est que Maxwell ne pouvait se passer ni de Bessie, ni de Ruby, ni de Midy.

Je le reconduisis jusqu'à la porte. Au moment d'en franchir le seuil, l'un des vainqueurs de Douaumont se retourna.

— Mon cher, dit-il, quand les femmes s'y mettent, les hommes sont...

Je n'écrirai pas le dernier mot de Maxwell.

III

Juillet était venu, féroce, et avec lui les nuits blanches et les après-midi de trente-cinq degrés à l'ombre et au nord. Pendant le mois de juin, j'avais reçu de Maxwell quelques lettres, irritées ou mélancoliques. On n'avait pas trouvé trace d'installations électriques. Mais Maxwell n'abandonnait pas volontiers ce qu'il appelait ses idées. Renfrogné, il déclara que, s'il n'y avait pas d'électricité là-dessous, il y avait en tous cas un certain nombre de chenapans, et qu'il se chargeait de régler leur compte, et il fit sa ronde tous les soirs, muni d'un gourdin et d'une lanterne, et accompagné du chien, qui témoignait une indifférence résignée. Au bout de quelques semaines, il y renonça. Comme ces divers incidents s'étaient ébruités dans le pays, des psychiatres qualifiés parlèrent de la suggestion collective et de tous ses phénomènes. Maxwell, furieux, reparla de son pied et de la direction qu'il prendrait. D'ailleurs, cette atmosphère de lutte et d'insécurité ne lui déplaisait pas. Sa mélancolie tenait à d'autres causes. Les promenades seul à seul avec Bessie, naguère le dernier plaisir de la journée, en étaient devenues la dernière épreuve.

Mrs. Maxwell dressait ses batteries en vue d'une seconde agression. Non sans quelque logique, elle voyait dans l'incrédulité de son mari l'origine de ses résistances. Il fallait d'abord que Georges crût à l'âme immortelle. Ce point stratégique conquis, la foi aux âmes qui reviennent hanter ce monde ne pouvait faire autrement que de suivre, et serait elle-même suivie par un déménagement précipité. Le plan de bataille n'était point mal conçu. Il ne restait qu'à le mettre en œuvre. Donc, pendant les promenades, Bessie s'appliquait à convertir Georges. Sa théologie était des plus simples. Elle se fondait sur quelques connaissances rudimentaires en histoire naturelle et sur une interprétation personnelle de la théorie des causes finales. Selon le Credo de Mrs. Maxwell, l'Etre Suprême avait créé les rives du lac et les avait peuplées d'insectes aquatiques uniquement pour en faire des instruments de conversion. Confondant avec une aisance féminine la preuve et le symbole, Bessie arrêtait Georges devant une libellule encore humide et à moitié sortie de sa gaine. L'enveloppe était notre misérable dépouille mortelle ; l'insecte éblouissant et prêt à monter dans les airs, notre âme en possession de l'immortalité. « Mais ne voyez-vous pas, chéri, répétait l'épouse inlassable, ne voyez-vous donc pas que l'un est tout aussi merveilleux que l'autre ? » Je lui réponds, écrivait Georges, « que d'abord, ça n'est pas la même chose, et ensuite, que je vois là dedans une sale bête gluante, qui sort d'une sale peau et qui se nettoie en prenant l'air. » Mais Bessie ne se décourageait pas, et si Georges, croyant fuir la zone des symboles, exigeait que la promenade se portât vers les pentes de la montagne et non sur les rives du lac, on avait vite fait de lui montrer combien sa tactique était naïve. Le catéchisme recommençait avec une taupinière, le long sommeil hivernal et le glorieux réveil des taupes au printemps. Faute d'être convaincu, Georges était du moins fatigué, et ne répondait plus guère à sa femme qui s'apprêtait, souriante, à triompher par la seule force du déraisonnement.

La dernière lettre portait en marge un post-scriptum imprévu.

« Figurez-vous que depuis notre arrivée ici, mon animal de chien se fait toujours prier pour traverser la cour ou la route. »

« Ça, me dis-je, c'est curieux. Attendons. »

Deux ou trois semaines passèrent sans m'apporter de nouvelles. Le zèle convertisseur de Mrs. Maxwell s'était probablement ralenti avec l'évolution des chrysalides, et le vacarme avait pris fin. Pourtant, je ne me sentais aucune envie de quitter Lausanne.

Attendre l'apparition d'un phénomène dont la date échappe aux prévisions, c'est courir une chance sur mille, et c'est ce que je fis, cet été-là. Ma curiosité travaillait. Tout en me promenant, solitaire, dans les rues vides où le soleil et le silence dormaient ensemble sur les pavés, je pensais au récit de Maxwell et à la légende, vieille de cinq siècles, qu'une guerre avait laissée après elle. Quelles forces étaient en jeu, à cette heure ? La malice des hommes, comme le voulait Maxwell, ou les caprices de la nature ?

A l'heure actuelle, et maintenant que l'énigme semble résolue, je me demande quelquefois si un pressentiment ne m'avait pas retenu près de Midy. Un soir de juillet, après une journée particulièrement lourde, j'allai sans étonnement répondre à l'appel du téléphone.

— Est-ce vous ? fit une voix qui marquait une certaine nervosité.

— Oui, c'est moi ; est-ce que... ?

— Oui, depuis dix minutes. Toutes les femmes sont affolées. Pouvez-vous venir ? Vous trouverez sans doute une explication, quelque chose, qui les calmera. Je leur ai dit que vous étiez un savant. Et puis, enfin, moi-même, je ne serais pas fâché d'y voir clair.

Une demi-heure plus tard, j'arrivais au tournant de route où l'on voit surgir en face de soi le château de Midy, et j'eus un moment de surprise. Chaque étage était éclairé. L'électricité brillait aux soupiraux des caves, aux fenêtres des chambres, aux lucarnes des mansardes. Des silhouettes noires passaient vivement dans les carrés de lumière, s'effaçaient, revenaient, disparaissaient de nouveau, pareilles à la ronde folle des phalènes autour d'une lampe. Aucun bruit, du moins à l'extérieur. Seul, le chien, tapi dans sa niche, me salua d'un aboiement.

On guettait mon arrivée. La porte s'ouvrit avant le coup de sonnette et un domestique me guida vers le salon. Son visage impassible ne disait rien. Mais un peu plus loin, dans le hall, je fus renseigné sur l'état de la maison.

Au galetas, les portes s'ouvraient et se fermaient. Selon toute apparence, on descendait des malles. Au premier étage, dans une cabine téléphonique, quelqu'un parlementait en anglais avec le gérant d'un hôtel. D'après son accent, l'occupant devait être Irlandais. Des gens de service s'interpellaient d'un palier à l'autre. Une discussion théologique me parvint des régions de l'office, où une voix mal assurée affirmait que « nous étions tous dans les mains du bon Dieu », tandis qu'une interlocutrice invisible rétorquait en hoquetant que « on n'avait qu'à lire les feuilles pour voir que les mains du bon Dieu n'empêchaient pas les gens d'être assassinés ». Du salon m'arrivait les éclats d'une voix féminine, si stridents que je conclus à la crise de nerfs. Je traduis ici la dernière phrase, prononcée, ou plutôt criée, en anglais, sur le mode suraigu : « Vous êtes fou, Georges ! Fou, je vous dis ! Vous ne voulez pas comprendre qu'ils sont dans la cour ! »

Pauvre Georges ! pensai-je.

La porte s'ouvrit, et deux femmes passèrent sans faire attention à moi. L'une, grande, élancée, se cachait le visage dans un mouchoir. J'entrevis une chevelure ciselée dans un bloc de jais, la nuance et le modelé d'une joue, la courbe fière de la nuque, et je me sentis tout à coup indulgent aux faiblesses de Maxwell. Miss Maxwell, moins grande, me parut avoir emprunté à son père une certaine robustesse de formes et lui ressembler plus qu'à sa mère, qu'elle soutenait. Même en ces heures tragiques, son attitude devait certainement beaucoup aux étoiles de Hollywood. Au fond du salon, dans un fauteuil, Maxwell se tenait coi. Il avait tout l'air de se dire que la suprême bénédiction de Dieu doit être, pour un mari, l'état de complète surdité. En m'apercevant, il poussa une exclamation et vint vivement à moi, les deux mains tendues.

— Merci, cher ami, dit-il. Ouf ! J'aimerais mieux refaire Douaumont !

— Quand donc cela a-t-il cessé ? demandai-je.

— Il y a quelques minutes. Maintenant, je me reproche de vous avoir peut-être dérangé pour rien. Enfin, votre chambre est prête. Vous n'en voudrez pas à ma femme et à ma fille si elles tardent à venir vous recevoir ? Pour le moment, Ruby tâche de rassurer sa mère, qui en a besoin. Tenez, passons au fumoir. Dieu merci. Je vais pouvoir causer avec quelqu'un qui ne déraille pas !

Tout en parlant, mon hôte me faisait entrer dans une large pièce, à plafond bas, isolée du salon par une double porte. Sur un guéridon, une lampe éclairait un plateau et des coupes. Deux bouteilles trempaient dans un seau plein de glace. Par les fenêtres grandes ouvertes, des souffles chauds entraient avec la nuit.

— Je crois que vous fumez la cigarette, dit Maxwell. Je ne sais plus quelle marque vous préférez. J'ai là : Turquie, Egypte, Autriche et Virginie.

— Vous avez pensé à tout, fis-je amicalement.

— Oui, sauf à voir ma maison transformée en cabanon. Les hommes se tenaient encore assez bien ; mais ces femmes !

Sur ma demande, il refit le récit que je connaissais déjà. Rien de nouveau. Le galop d'un premier cheval, suivi à quelque distance par celui d'un escadron ; tous deux venant de la plaine et se dirigeant vers l'ouest. A l'intérieur du château, le tintement des vitres, le frémissement des planchers et des parois. « Et même quand tout a cessé, le chahut qu'elles continuaient à faire ! » s'exclama-t-il. « Ces folles n'osaient pas rester. Et elles n'osaient pas non plus sortir. Elles avaient peur d'être embrassées par les fantômes des soldats, je suppose ? (Ici, j'adoucis.) Et pendant ce temps, le chien hurlait plus fort qu'elles. Et il y a des crétins qui parlent de suggestion collective, d'hypnotisme, de je ne sais quoi ? Alors, il est suggestionné, le chien ? Ah ! la prochaine fois, je leur en donnerai, de la suggestion, quand je devrais les traîner jusqu'ici par les oreilles ! »

Depuis quelques minutes, j'écoutais distraitement. Un étrange silence venait de se faire dans le château. Les voix s'étaient tues. On ne fermait plus de portes. Seul, le bruissement d'une auto passa sur la route et s'éloigna dans la direction de Grandson. Maxwell s'interrompit et prêta l'oreille.

— Tout ça m'a l'air de s'être calmé, dit-il. Enfin ! Je vais vous présenter à ma femme et à ma fille.

Georges articula ces derniers mots avec une certaine fierté, d'ailleurs très légitime, d'après ce que j'avais pu voir.

Il pressa sur le timbre électrique. Deux ou trois minutes passèrent. Il sonna une seconde fois; plus fort. Le domestique qui m'avait introduit apparut presque immédiatement.

— Allez demander à ces dames si elles sont disposées à descendre, lui dit son maître.

— Madame m'envoie dire à Monsieur qu'elle est partie avec Mademoiselle et que son adresse est le Ritz à Londres. Elle a aussi emmené Mademoiselle Mollie et le chauffeur irlandais. Madame fait aussi dire à Monsieur que les deux femmes de chambre ont donné leur congé, avec la cuisinière et la fille de cuisine. Elles ont quitté le château et passeront la nuit aux Trois Couronnes. Elles reviendront demain pour les malles. Madame m'a encore chargé de dire à Monsieur que le chauffeur de Monsieur peut très bien faire la cuisine. Il a appris quand il était à la guerre.

Maxwell ne répondait rien ; moi non plus.

— Monsieur a des ordres à donner ? s'enquit le valet.

— Oui ! hurla Maxwell. F..... le camp !

Le valet s'éclipsa.

Pendant un moment, personne ne dit mot. Enfin le maître de Midy sortit de sa poche un mouchoir et s'épongea le front.

— Ça, par exemple ! fit-il entre ses dents.

Il versa du champagne plein une coupe, voulut boire, jura, et jeta le contenu de la coupe dans le seau à glace. Maxwell s'était aperçu qu'il venait d'avoir une distraction, la première de longtemps. Il alla ouvrir un placard dissimulé à l'angle de la paroi, en tira un flacon et but à même. Le flacon remis en place, il revint sur ses pas et me regarda. L'arome du rhum se mêlait, dans le fumoir, au parfum des cigarettes.

— Mon cher ami, qu'allez-vous faire ? demandai-je.

— Faire ? Et que voulez-vous que je fasse ? Elle m'avait averti, après tout. Mais moi, je n'avais pas pris ça au sérieux. Vous ne croyez pas que je vais leur courir après pour les ramener de force, je pense ? Ou que je vais téléphoner à la police de les reconduire ici ? D'ailleurs, même si elles m'offraient de revenir, je ne voudrais plus, maintenant. Forcer des femmes à vivre dans la peur... Non. Ça n'est pas dans mes moyens, ces méthodes-là. D'abord, Elisabeth perdrait la tête. C'est bien simple.

Il alla se mettre à la fenêtre, en me tournant le dos. Les mains dans les poches, il sifflotait.

Cet air dégagé ne me donna pas le change. A cette heure, je lisais en Maxwell comme dans un livre. Il regardait l'ombre d'où montait l'odeur des foins, il regardait les bois assoupis sous la lune et il voyait passer à l'horizon le défilé des grandes villes. Hôtels de luxe, théâtres et cinémas, invitations à dîner, le parc ouvert au public, l'asphalte et les tea-rooms, tout ce qu'il n'aimait pas allait le reprendre. Il ne « lâcherait » jamais Midy ; non ! Certes ! Quand cela ne serait que pour faire pièce aux gredins et aux imbéciles ! Il y reviendrait passer... un mois, ou deux, peut-être. Ce serait tout. Et ce ne serait plus jamais comme autrefois.

Georges savait que Bessie et Ruby étaient capables de faire des folies, une fois livrées à leurs propres inspirations. Et il y avait autre chose encore. En cet instant, Maxwell savourait la pilule amère réservée à la plupart des hommes qui ont fait entrer une femme dans leur destin. Il ne pouvait se passer longtemps de sa femme et de sa fille, et il l'avait toujours su. Mais elles, pouvaient se passer de lui, très longtemps. Peut-être même... toujours. Et il venait de le comprendre.

Au bout d'un moment, il se retourna.

— Je vous ai dérangé, peut-être pour rien, et après ça, je vous ai reçu très mal, dit-il courtoisement. Que préférez-vous ? Boire et causer encore un peu ? Si vous aimez mieux vous mettre au lit. je vous montrerai votre...

Il s'arrêta court. Un hululement prolongé partit du perron et vibra à travers la nuit. Il se répéta deux ou trois fois. Je remarquai, non sans surprise, qu'il se répétait à intervalles réguliers.

— Qu'est-ce que c'est ? demandai-je. Maxwell était retourné à la fenêtre et se penchait au dehors.

— C'est le chien, dit-il. Que diable peut-il avoir ? Tout est tranquille. Flick ! Allons ! Flick ! Qu'est-ce que c'est ?

A la voix de son maître, l'animal gémit. Il y eut quelques secondes de silence, suivies d'un nouveau hurlement, plus fort.

— Mais qu'est-ce qu'il a donc ? dit Maxwell avec impatience.

Je m'étais levé.

— Il y a, mon cher, qu'en ce moment votre chien voit ce que nous ne voyons pas, vous et moi ; ou, encore, il entend ce que ni vous ni moi n'entendons. Avec votre permission, je vais le rejoindre.

Georges fit un mouvement vers la porte.

— Non, ne m'accompagnez pas. Si je suis chargé de débrouiller ce qui se passe (et il se passe certainement quelque chose), je préfère être seul.

Il allait répondre. Je le prévins.

— Soyez tranquille. S'il y a du danger, je vous appellerai.

Le hall était désert, et à peu près sombre. Le domestique chargé du service avait mis l'électricité en veilleuse et verrouillé la porte d'entrée, que je déverrouillai. Une fois dehors, je regardai autour de moi. Déjà basse sur l'horizon, la lune brillait, ronde, et les mots de Maxwell me revinrent à la mémoire : « Elle était dans son plein ». Ma lanterne électrique en main, je commençai par examiner la cour d'honneur, que j'avais traversée une demi-heure auparavant, sans la voir.

C'était un vaste espace, pavé d'une extrémité à l'autre, débordant la façade, à droite et à gauche, d'une vingtaine de mètres, et encore entouré de ses murs.

Assez hauts pour borner complètement la vue, ils faisaient de la cour un puits d'ombre, troué vers l'est et l'ouest par deux arches. Sous la première, au loin, dans la lumière immobile et blanche, une colline haussait son dos noir. La seconde arche encadrait, tout proche, un pâle ruban de route qui fuyait vers la forêt. Je notai, à titre de détail architectural, que chacune pouvait livrer passage à quatre ou cinq cavaliers rangés de front.

On ne sentait plus un souffle d'air. Sur la route et aux environs, pas un bruit. Je n'entendais même pas remuer une feuille dans les glycines accrochées à la muraille, près de moi. La nuit chaude qui couvait un mystère avait figé jusqu'aux arbres et aux buissons dans une attente peureuse, et le chien, blotti au fond de sa niche, n'aboyait plus.

Si j'essayais de le faire sortir ? J'étendis le bras au hasard, dans le noir. Une langue humide glissa sur mes doigts. Une tête laineuse, qui cherchait les caresses, se fourra sous ma main, et je m'aperçus que l'animal tremblait. Au bout de cinq minutes, un nouveau hululement déchira l'air, puis un autre et un autre encore. Je me mis à compter, tout haut. Le chien hurlait à trente ou quarante secondes d'intervalle, comme si son épouvante répondait au rythme d'un mécanisme invisible.

« Ça y est ! » pensai-je soudain.

Un frémissement passait sous mes pieds. Il venait du château. Je le sentis se faufiler le long de mon échine, s'élargir derrière mes épaules. A l'étage occupé par les domestiques, des fenêtres s'étaient ouvertes. La voix de Maxwell résonna au-dessus de ma tête.

— Je descends ?

— Non, ne descendez pas.

Tout à coup la tempête se déchaîna.

Non, Maxwell et tous les autres n'avaient rien inventé ! Cette fois, c'était le tumulte d'un escadron en déroute. Il remplit la cour d'un roulement de tonnerre où éclatait, incessant, un bruit métallique, si semblable au choc du fer et du pavé que je pensai une seconde fois à la phrase de Maxwell :

« S'il n'y a pas de chevaux, je ne sais pas ce que c'est. » Il tourbillonnait sur lui-même, en cyclone, rebondissait, reprenait sa course, une mêlée de bêtes affolées, une horde éperdue, un élan désespéré vers une issue pour fuir dans la nuit. Et, chose que Maxwell ne m'avait point décrite, je démêlai des râles, des soupirs. J'entendis la même rumeur gronder sur la route, toujours plus loin, en decrescendo.

Et le vacarme reprenait, et ils étaient cinquante, et ils étaient cent à traverser la cour. Et je me demandais, les mains sur mes oreilles, combien de temps allait durer cette sarabande infernale quand un nouvel ouragan s'engouffra sous l'arche de l'ouest, s'éloignant vers le lac dont j'apercevais le miroir sans rides. Les Bourguignons avaient passé.

Pas tous cependant. Des coups secs se rapprochèrent, sans hâte ! des fers heurtèrent le pavé. Les pas traversèrent la cour et prirent la même route, si distincts, cette fois, que je tournai la tête pour les suivre des yeux. Ils continuèrent pendant quelques minutes, sourds, longs, inégaux comme la marche d'une bête qui traîne le pied, et ils ne furent bientôt plus qu'un murmure perdu dans le lointain. La muraille et le sol avaient repris leur immobilité, mais le chien hurlait toujours. A la fin, il se tut.

Ici, je fis comme Georges, je m'épongeai le front.

Qui donc avait passé ? Pures billevesées que les idées de Maxwell. S'agirait-il d'un phénomène sismique ? Les allures de Flick me portaient à le croire. Moi non plus, je n'en étais pas à mon premier tremblement de terre, et j'avais vu des mâtins, féroces d'habitude, ramper sous les meubles à chaque secousse, et mendier les caresses de leur maître ; voire même celles d'inconnus. Mais un tremblement de terre ne pouvait se produire invariablement, pendant cinq siècles, sur un rayon aussi restreint. D'ailleurs les sismographes l'eussent enregistré, et depuis longtemps. Peut-être un fleuve souterrain ? Cette idée m'était à peine venue que j'en vis l'absurdité. Que ce fleuve s'écoulât rarement, cela était explicable ; on connaissait les cours d'eau intermittents, mais qu'après s'être écoulées les ondes remontassent à leur source, c'était inadmissible.

Et un glissement de terrain ? Un déplacement des couches calcaires s'ébranlant de l'ouest à l'est, puis de l'est à l'ouest ?

Je me retournai. Derrière le château, l'échine de la montagne s'étendait, couleur d'encre, contre le ciel pâli par le déclin de la lune.

Nous étions au flanc du Jura, cette montagne tour à tour calcaire ou schisteuse, née des premiers tressaillements de la terre, cette chaîne de sombre verdure, écaillée de rochers, allongée au bord de l'horizon comme un fabuleux reptile des âges primitifs. Montagne secrète, trouée de précipices insondables, d'oubliettes perdues dans l'herbe des pâturages, d'entonnoirs cachés dans les eaux lentes de ses rivières... Une fissure s'ouvrait-elle, depuis des siècles, devant le château de Midy ?

Et il y avait, dans le voisinage, le village de Cuarny où, depuis des temps immémoriaux, un gaz inflammable sortait en gerbes invisibles des anfractuosités du rocher. Serait-ce la solution de l'énigme ?

Mais non. D'où venaient ces deux galops dissemblables dans leur force et leur direction ? Et qu'était-ce donc, ce cheval fantôme qui avait traversé la cour, tout à l'heure ? Pourquoi, cette fois-ci, semblait-il boiter ?

Et si le surnaturel existait, après tout ? S'il était une force, soupçonnée seulement, et imparfaitement définie, de la nature ? Savons-nous quelles métamorphoses s'élaborent dans l'incessante alchimie de ce creuset qui dévore et recrée la matière et la vie ? La terre gonflée du sang et de la chair des morts ne nous rend-elle jamais un écho, une parcelle vivante, quelque chose, enfin, de ce qui a vécu ?

— Hé bien, y êtes-vous ? dit à côté de moi la voix de Maxwell.

C'était si imprévu que je sursautai.

— Je vous ai fait peur ? continua la voix, étonnée et un peu ironique.

— Peur ? non. Mais je ne vous avais pas entendu venir.

Une odeur de tabac me prit aux narines. Maxwell était là, tout près, dans la demi-clarté ; râblé, court de taille, large d'épaules, et muni de sa pipe, qu'il tenait par le fourneau, serrée entre ses doigts. Je rentrais dans le monde réel.

— Que pensez-vous de ça ? dit-il.

Je savais de quelle façon Georges eût accueilli mes rêveries métaphysiques. Le moment était aux preuves tangibles et aux conclusions raisonnables. Et je n'en avais point à offrir.

— Peut-être un phénomène sismique, répondis-je enfin. Peut-être des glissements de terrain.

— Ça fait un bien drôle de bruit pour des glissements de terrain, observa Maxwell.

C'était mon avis. Mais je me contentai de répondre :

— En tous cas, il n'ont jamais causé le moindre dommage au château, ni à personne.

Il y eut une pause. Tout à coup Georges demanda :

— Ça ne vous paraît pas curieux qu'on n'entende ça que chez moi, et jamais dans les maisons du voisinage ?

— Mais non, répliquai-je. Assez souvent, ces phénomènes-là ne peuvent être perçus qu'en leur foyer même.

Il avait levé la tête et ne répondait pas. Son regard errait sur la façade silencieuse.

— Je ferais mieux de chercher ailleurs, dit-il enfin. Près d'ici, naturellement, mais dans un endroit sûr. Alors...

Il s'interrompit et j'achevai en moi-même la phrase commencée. Une nouvelle demeure, dans un endroit sûr, c'était un espoir nouveau. Nous étions revenus au perron. Flick, sorti de sa niche, tendait le cou en tirant sur sa chaîne. Maxwell vint à lui et le détacha. L'énorme bête, un terre-neuve de grande taille, se frotta, encore frissonnante, aux jambes de son maître. Mais quand celui-ci, la main passée dans son collier, fit mine de l'attirer dans la cour, le chien s'arcbouta sur ses pattes de devant et refusa d'avancer.

— Capon ! fit Maxwell, en lâchant prise.

Il ajouta :

— C'est égal. Je donnerais deux doigts... de ma main gauche pour savoir ce que tu as vu.

IV

L'automne étendait sur nos collines son bariolage mélancolique. De retour chez moi, après dix semaines d'absence, je me mis à trier les paperasses accumulées sur ma table de travail.

Il y avait des réclames, des circulaires, une pile de journaux. Une carte postale de Maxwell m'apprenait brièvement qu'il était à Caux Palace, avec Bessie et Ruby, que Midy lui manquait, et qu'il cherchait du réconfort dans l'ascension des cimes voisines.

Je pris un journal, le plus vieux, et comme les lignes des montagnes s'effaçaient peu à peu derrière mes vitres, et les lettres devant mes yeux, j'allumai la lampe et je commençai à lire, dans la détente confortable qui suit un voyage.

J'avoue ne point partager le mépris que l'on professe en général pour les vieux journaux. Il m'a toujours semblé que peu de lectures mettent mieux en évidence l'inanité de nos prophéties et la malice de notre destin. Je parcourus les nouvelles politiques, la chronique des accidents, les faits divers et le paragraphe consacré aux dernières lois fiscales sans y trouver matière à réflexion. Mais, sous la rubrique « Neuchâtel », quelques lignes suivaient. Elles m'intéressèrent. Et comme un instint que je n'ai jamais su définir porte les hommes à situer dans le temps tout récit qui les intéresse, je regardai la date, en première page. Seize juillet. Mais où donc étais-je, le seize juillet ? A Lausanne ? Sur les routes de France ou d'Italie ? Pendant ces deux mois j'avais vu beaucoup de choses ; les souvenirs, et surtout les dates, se brouillaient un peu dans mon cerveau. Pourquoi donc étais-je hanté par celle-ci, comme s'il se fût agi d'un anniversaire, ou d'un fait historique ?

J'avais à peine évoqué le mot « hanté » que la réponse m'arriva. Le seize juillet, au soir, j'étais à Midy. Je relus l'entrefilet et passai un bon quart d'heure à réfléchir. Après cela, je me mis en devoir d'écrire deux lettres ; l'une à Monsieur Vernois, le prédécesseur de Georges, l'autre à Monsieur Passandion, le prédécesseur de Vernois. Je leur demandais s'ils pouvaient m'indiquer la date des phénomènes qu'ils connaissaient trop bien.

La réponse de Monsieur Vernois arriva par retour du courrier ; elle ne me donnait qu'une date ; je fis la grimace.

Quelques jours plus tard, le fils de Monsieur Passandion m'apprenait que son père reposait depuis bien des années au cimetière de Genève, mais que lui était à même de répondre à ma question. Et trois dates suivaient. Je fus rasséréné.

Le lendemain, je me rendis à Neuchâtel. Là, à l'observatoire, on m'accorda audience et l'on me donna, sans trop me faire attendre, quelques dates de plus, que j'inscrivis sur mon calepin. Le cœur battant, je les comparai à celles que je possédais déjà. Je tenais désormais une explication ; il me manquait la preuve. Pour l'acquérir, il fallait se mettre en dépense et je connaissais Maxwell. Il savait donner, et par cent et par mille et avec une bonne humeur généreuse, mais la perte ou le mauvais emploi d'un sou le mettait en colère. Avant de faire appel à sa bourse, j'avais besoin d'une certitude.

Les jours suivants me virent aux archives de Grandson et chez les notaires. Ils me montrèrent des plans et déchiffrèrent avec moi des textes rédigés en latin médiéval. Après cela, je me remémorai deux ou trois observations personnelles, logées jusque-là dans mon subconscient, et je retournai à Lausanne, enrichi d'une expérience que je n'avais pas trois mois plus tôt.

Le soir tombait ; Georges devait être à l'hôtel. Il fallait l'avertir, mais ne pas l'informer. Je comptais lui ménager la plus belle des surprises en le mettant, sans explication préalable, devant les preuves, étalées sous ses yeux.

Il répondit immédiatement à mon coup de téléphone. Et c'est alors que s'engagea entre nous un échange de quiproquos dont je fus l'auteur inconscient.

— Mon cher ami, m'écriai-je en triomphe, j'arrive de Grandson et je les tiens ! (pensant aux Bourguignons).

— Vous tenez ? Qui ? cria une voix qui sonnait déjà comme un chant de victoire.

— Qui ? mais les auteurs du tapage, naturellement ! Je retourne demain à Midy pour les pincer, la main dans le sac !

— Alors, ça n'était pas des éboulements, des choses... comme ça ? cria la voix, sur le même ton.

— Non ! Ça n'était pas ça du tout, répliquai-je sincèrement. Je me trompais !

— J'arrive ! vociféra Maxwell, transporté. (Pensant aux gredins, à son chien et à son gourdin.)

— Ne faites rien de pareil ! hurlai-je, terrifié. Vous gâteriez tout !

A cette heure, je ne me rappelais plus un mot des suppositions que Maxwell continuait à chérir en secret. Plus tard, lorsque nous éclaircîmes ce baroque malentendu, il me dit avoir interprété à sa façon ma dernière réponse. Pour lui, j'étais sur la piste des coupables, mais je ne les avais pas encore pris. De leur côté, sachant le maître de la maison absent (ces gens-là sont toujours informés de tout), ils devaient commettre quelque bévue et tomber dans quelque traquenard habilement tendu par moi. Mais, prévenus que Maxwell arrivait, ils se tiendraient sur leurs gardes et notre échec serait complet. Peut-être même définitif.

— Bon, bon, grommela-t-il dans le récepteur, mais alors...

— Je vous avertirai, mon cher, sitôt la chose faite, seulement...

— Ça, j'y compte bien ! clama la voix de Georges.

— Seulement, pour y arriver, il faut de l'argent, je ne vous le cache pas, et...

— Ce soir, vous recevrez par express un chèque, cria la voix. Et, vous savez, vous me rendez un fier service !

Quelques heures plus tard, je recevais un chèque en blanc, dûment signé. La véritable besogne commençait.

Mon choix était fait. J'allai trouver un ancien camarade de collège, qui avait brillamment débuté dans sa carrière, et que je désignerai par son prénom : « Gérard ». Depuis un an ou deux, c'était la grande pitié des ingénieurs, et celui-là sauta sur l'aubaine. En outre, le sujet lui parut intéressant, et surtout neuf. Il écouta mes explications avec une attention soutenue, en prenant des notes.

— Je te crois sur bonne piste, dit-il. Mais c'est la première fois que j'ai affaire à un cas de ce genre. Il me faut d'abord examiner à fond la maison et le terrain. Après, si je suis d'accord avec toi, je ferai marcher une équipe de terrassiers et, pour finir, j'aurai probablement besoin de maçons.

A partir de ce moment tout procéda par étapes. Je vais, pour le lecteur, refaire le plus brièvement possible la genèse de mes découvertes.

Le matin suivant, nous étions logés tous deux à l'auberge du village. Un domestique resté seul hôte de Midy nous en ouvrit les portes, et l'ingénieur passa la journée à examiner le château, la cour et les environs.

Le deuxième jour, il prit des mesures et dressa des plans.

Le troisième jour, une équipe de terrassiers vint et fit des sondages sous l'œil infaillible du patron.

Enfin, le cinquième jour, on découvrit, à deux mètres au-dessous du sol et à dix mètres du rivage, une conduite rectangulaire, faite de dalles carrées, taillées avec art et très exactement juxtaposées.

— Voilà vos revenants, me dit Gérard, tandis que debout, côte à côte, nous regardions le canal à moitié plein. Les paperasses de Grandson ne t'ont pas mal renseigné sur l'existence de cette conduite et la date de sa construction. Il y a, dans la cour un puits ou plutôt une citerne énorme, qui se prolonge sous le château et occupe une bonne partie du terrain couvert par les sous-sols. La conduite aboutit à ce réservoir. Mais qu'est-ce que tu ramasses donc là ? Tu a failli attraper un fameux coup de pioche sur les doigts.

— Oh ! rien. Un vieux débris, qui m'intéresse. Continue.

— Tu avais raison d'établir un rapport entre le niveau du lac et ce tapage. Après une saison de pluie, ou après la fonte des neiges, le niveau du lac monte insensiblement et celui de l'eau contenue dans la citerne s'élève de même, sans bruit, en vertu du principe des vases communiquants. Et si le lac baisse pendant un été torride, le niveau de l'eau contenue dans la citerne baissera sans bruit, lui aussi.

Mais, pendant le phénomène que tu as pu surprendre, le niveau du lac varie d'un mètre en moins d'une heure, pour baisser d'un mètre une heure plus tard. En pareil cas, l'eau déferle par masses dans la conduite : c'est le galop de l'escadron. Quand le phénomène n'est pas à son maximum et que l'eau n'arrive que par vagues successives, le clapotis imite le pas d'un cheval isolé ; si le volume d'eau diminue encore, les battements sont irréguliers et le cheval traîne la patte. Les phénomènes acoustiques se reproduisent en ordre inverse, après un certain intervalle de temps, lorsque le réservoir se vide. Et l'air qui arrive en trombe provoque en outre ces râles, ces soupirs, dont tu parlais ; et il faut que cette bâtisse soit solide pour ne pas être ébranlée plus qu'elle ne l'est.

— C'est simple, en effet, dis-je, tâtant au fond de ma poche ce que je venais d'y mettre, malgré les taches de boue. Mais je ne pouvais guère y penser avant de connaître l'existence de ces crues subites à dates imprévisibles.

— Je n'y aurais pas pensé plus que toi, fit mon ancien camarade. Mais qu'est-ce qui peut bien t'hypnotiser, dans ce trou ? On dirait que tu t'attends à en voir sortir un Bourguignon avec son cheval.

Gérard n'entendit pas ma réponse. Il s'était perché sur le canal et en examinait les parois.

— Je vois ce qui me reste à faire, dit-il. Murer une partie de la conduite.

Après cela, je ne crois pas qu'il reste beaucoup de Bourguignons dans ce pays.

Pour moi, il ne me restait qu'à téléphoner.

— Cette fois, ça y est ! dis-je à Maxwell qui certainement montait la garde autour de l'appareil, car il répondit au premier appel. Vous pouvez venir.

J'entendis une exclamation, un mot qui me parut être « coffré », deux ou trois épithètes d'une saveur trop militaire pour être transcrites ici et que ma mémoire fautive appliqua aussitôt à des psychiatres sans discernement ; et, enfin, un : « J'arrive ! » accolé à des remerciements qui venaient du cœur. « On va ouvrir la maison et préparer nos chambres ! » ajouta Maxwell sur le ton d'un collégien qui crierait : « Et maintenant, j'entre en vacances ! »

Oui, j'avais mené les choses à bonne fin. Le problème résolu, c'était un ami retrouvant sa maison, sa femme, sa fille, la vie d'autrefois, et je ne me sentais pas trop mécontent de moi-même lorsque, deux heures plus tard, Maxwell, radieux, arriva en auto. Je l'arrêtai avant qu'il n'eût mis le pied dans la cour et je le conduisis au bord du lac. Il vit des remblais, une tranchée, un canal, de l'eau, et, à mon grand étonnement, il changea de visage.

— Quoi ! C'était donc cela ! murmura-t-il.

Peut-être qu'il ne comprenait pas. Ou qu'il n'était pas convaincu. Il s'agissait de le convaincre.

Je m'emparai de Maxwell. Je lui fis part de ce que je pouvais considérer à bon droit comme ma propre découverte. Pour prévenir les objections, je répétai l'explication voulue, sans rien négliger. Le phénomène en question ne pouvait être perçu lorsque le lac changeait progressivement de niveau, en été, ou après de fortes pluies, parce que l'eau se déplaçait alors sans vitesse, sans force vive. En revanche, au cours d'une marée, les choses se passaient différemment.

— Mais n. de D... ! les lacs n'ont pas de marées ! rugit Georges.

J'expliquai alors à Maxwell ce qu'est une seiche, ce phénomène particulier à certains lacs suisses. Il semble bien que ces lacs soient sensibles aux influences lunaires, mais les différences de niveau sont trop faibles pour être obervées. Cependant les effets de ces mouvements pendulaires peuvent parfois s'additionner (les mathématiciens m'entendront) et l'eau s'élève alors subitement sur une des rives du lac, laissant à découvert le rivage opposé ; j'expliquai que le phénomène inverse se présente un peu plus tard et qu'alors, en moins d'une heure, les réservoirs précédemment remplis se vidaient et s'emplissaient d'air, par à-coups.

Maxwell écoutait, approuvait du bonnet, hochait la tête affirmativement et ne se déridait point. Que se passait-il donc ?

Et je vis alors que Maxwell était un gentleman. Il domina une émotion qui grondait en lui et que je ne comprenais pas. Il me serra la main. Il serra celle de l'ingénieur. Il serait, dit-il, toujours notre obligé. Pour finir, nous fûmes conviés, séance tenante, à venir nous restaurer au fumoir. Gérard, qui était homme de tact, avait senti quelque chose passer. Il trouva une excuse aimable et s'esquiva dès qu'il eut achevé son verre de porto, tandis que Georges et moi demeurions au fumoir qui reprenait son air de pièce habitée. Trois mois auparavant, nous étions assis à la même table. Seulement, cette fois, un feu brûlait dans la cheminée, et Maxwell se taisait. Il me fallait, à moi aussi, une explication. Je pris les devants.

— Enfin, mon cher ami, vous allez revenir ici, en famille, à présent que tout est éclairci ?

Il secoua la tête.

— Elle ne le croira pas, dit-il.

— Comment !

— Non. Voyez-vous, si ç'avait été ce que j'ai cru...

— Maxwell, m'écriai-je, je n'ai jamais voulu...

— Je sais je sais, interrompit-il, avec un bon sourire. Je n'ai jamais pensé que vous aviez voulu me jouer un tour. Quand je vous ai vu, tout à l'heure, j'ai tout de suite compris que chacun de nous avait son idée en tête. Mais, voyez-vous, si tout ce chahut avait été fait par une bande de chenapans, elle aurait été bien obligée de le croire. Des gens en prison, des machines électriques, enfin tout un bazar ; elle n'aurait pas pu dire non. Ruby le croira ; ça, j'en suis sûr. Mais elle...

Il acheva, sur un ton où je crus saisir une certaine amertume :

— Les femmes ne croient à une chose que tant qu'elle entretient leur folie. En tous cas, elle ne croira pas longtemps celle-là.

Les derniers mots étaient à peine dit qu'il eut peur de m'avoir froissé. Il se hâta d'ajouter — et son accent cordial me toucha plus que ses paroles :

— Ça ne fait rien, mon cher ami. Vous m'avez rendu un immense service tout de même.

— Un immense service ?

— Mais vous voyez bien que le château et le terrain vont reprendre leur valeur, dit l'Américain.

V

Elisabeth fut conviée à voir le canal et à recevoir les éclaircissements nécessaires. Elle haussa les épaules et ne sembla pas convaincue.

— Ça m'étonnerait beaucoup si c'était vrai, Georges. Je suis née dans un pays où il y a de l'eau, je pense ? Des rivières, des torrents et même des cascades ? Et vous ne direz pas qu'il n'y a pas de canaux sous la terre ? Il y en a des centaines. Et vous vous rappelez que j'ai visité avec vous les chutes du Niagara ? Vous ne direz pas qu'il n'y a pas cent fois plus d'eau qu'il ne peut en tenir dans ce canal, je pense ? Même quand il est tout plein. Et elle tombait de beaucoup plus haut. Et pourtant elle ne faisait pas un bruit comme celui que nous avons entendu. Eh bien, tout cela fait des centaines et même des miliers d'eaux. Et si ce que vous croyez était vrai, il y aurait au moins une de toutes ces eaux qui ferait un bruit comme celui que nous avons entendu. Vous devez en convenir vous-même, Georges. Et tout cela ne serait pas arrivé si vous aviez la foi, Georges, conclut Mrs. Maxwell.

Ayant ainsi justifié ses doutes et ses griefs par de solides arguments, Elisabeth annonça qu'elle consentait à faire un essai encore ; le dernier. S'il avait des suites fâcheuses, elle quitterait non seulement Midy, mais la Suisse, et pour toujours.

Après quinze jours d'essai, je reçus une lettre datée de Midy. Maxwell dormait mal et jouissait peu de la vie lorsqu'il était éveillé. Il commençait à être las de répéter à sa femme, vingt fois en vingt-quatre heures : « N'ayez pas peur, mon amour. C'est Victor qui remet de l'eau dans les radiateurs. Je lui dirai d'attendre toujours que nous soyons sortis. » Ou bien : « Ne craignez rien, ma chérie.

Ce sont les boiseries qui craquent. Demain je ferai venir le menuisier. » Ou encore : « Non, Bessie, mon trésor. C'est la charrette du fermier. Je la reconnais. Dès demain, je donnerai l'ordre de passer toujours par l'autre chemin, dans le pré. » Enfin, Georges venait d'acquérir une solide, neuve et très somptueuse villa, qui plaisait à sa femme et qui se trouvait plus haut, sur la colline, loin des terrains marécageux. Moyennant la villa et sept mois d'hiver répartis sur trois ou quatre capitales, Bessie consentait à passer le reste de l'année dans le pays, en réservant toutefois un certain nombre de semaines à la saison de Londres et aux bains de mer. Georges avait accepté le marché, sans discussion. Lorsque j'eus terminé ma lecture, je pensai que si l'époux de Bessie Maxwell connaissait la folie des femmes, il ne soupçonnait même pas les ressources de la diplomatie féminine. Je pensai aussi qu'il agissait avec sagesse. J'ai trop vécu dans le monde des rêves et dans celui des réalités pour ne pas savoir qu'une maison hantée ne perd jamais complètement ses fantômes.

Quelques jours plus tard, je reçus sa visite. La famille Maxwell bouclait ses valises.

Il coupa court à mes premiers mots de regret et se mit à parler de choses et d'autres. Il comptait revenir, de temps en temps, et passer deux ou trois semaines à Midy.

— Vous me tiendrez compagnie, n'est-ce pas ? dit-il. Je me réjouis de faire avec vous quelques bonnes courses à ski.

J'avais compris que Georges acceptait d'être vaincu, mais qu'il ne voulait pas être plaint.

— Et votre chien ? demandai-je pour soutenir la conversation qui languissait, traverse-t-il la cour, maintenant ?

— Oui, dit Georges avec indifférence, il passe, mais très vite et il ne veut jamais se coucher. Il doit avoir eu joliment peur de quelque chose, et je ne sais pas de quoi.

Un soir de neige et de lune, j'ai revu Midy. L'on n'y avait rien changé, et pourtant, il n'était plus tout à fait le même. Avais-je tué son charme, avec ses revenants ?

Mais étais-je bien sûr de les avoir tous tués ?

Depuis ce temps-là, nous gardons un secret en commun, Maxwell et moi. Sa femme ne saura jamais ce que j'ai ramassé à quelque distance du château, sous la pioche d'un terrassier. C'est un objet rongé, oxydé, tordu, où pend un clou. Sur l'une des faces, on distingue quatre lettres gravées dans le métal. Les trois premières font partie d'un nom. La quatrième indique un titre. Et, sur ce qui fut, il y a cinq cents ans, un fer à cheval, j'ai sans peine reconstitué les deux mots :

« CAROLUS DUX ».

TABLE

L'impression de cet ouvrage
a été achevée
le trente septembre mil neuf cent nonante
aux Presses Centrales Lausanne SA